CB051676

Maluca por VOCÊ

RACHEL GIBSON

Maluca por VOCÊ

TRADUÇÃO:
Cássia Zanon

Título original:
Crazy on You

1ª Reimpressão – Fevereiro de 2016

Grafia atualizada segundo o Acordo Ortográfico da Língua Portuguesa de 1990, que entrou em vigor no Brasil em 2009

Editor e Publisher
Luiz Fernando Emediato

Diretora Editorial
Fernanda Emediato

Assistente Editorial
Adriana Carvalho

Capa
Alan Maia e Kauan Sales

Diagramação
Kauan Sales

Preparação de Texto
Juliana Queiroz

Revisão
Karen Glaucia Koziura Magri
Juliana Amato

DADOS INTERNACIONAIS DE CATALOGAÇÃO NA PUBLICAÇÃO (CIP)
(Câmara Brasileira do Livro, SP, Brasil)

Gibson, Rachel
Maluca por você / Rachel Gibson ; [tradução de Cássia Zanon]. -- São Paulo : Jardim dos Livros, 2014.

ISBN 978-85-63420-71-8

1. Ficção norte-americana I. Título.

14-03607 CDD: 813

Índice para catálogo sistemático

1. Ficção : Literatura norte-americana 813

EMEDIATO EDITORES LTDA
Rua Gomes Freire, 225 – Lapa
CEP: 05075-010 – São Paulo – SP
Telefax: (+ 55 11) 3256-4444
E-mail: geracaoeditorial@geracaoeditorial.com.br

Impresso no Brasil
Printed in Brazil

Um

Lily Darlington detestava ser chamada de maluca. Preferia que a chamassem de vaca — ou mesmo de vaca burra, porque sabia que não era, nem nunca foi, qualquer uma das duas coisas. Não de propósito, pelo menos. Mas bastava pôr a palavra começada com "m" depois de vaca, que Lily provavelmente viraria uma vaca maluca com alguém.

Pelo menos foi isso que aconteceu no passado, quando ela era mais impulsiva e se deixava dominar pelos sentimentos e emoções. Quando ia de zero a dez em menos de cinco segundos. Quando ela derramou leite na cabeça de Jimmy Joe Jenkin na terceira série e esvaziou os pneus da bicicleta de Sarah Little, na sexta. Quando acreditava que toda ação merecia uma reação. Quando era impulsiva e às vezes exagerada — como a vez em que enfiou seu Ford Taurus na sala do ex-marido.

Mas ela não havia feito nada excessivo recentemente. Ultimamente, era capaz de controlar seus sentimentos e emoções. Era uma empresária respeitável, mãe de um menino de dez anos. Tinha trinta e oito anos e havia se esforçado muito para tirar o adjetivo "maluca" de sua vida, e depois de seu nome.

Lily pegou a bolsa e saiu apressadamente pelos fundos do Salão e Spa Lily Belle. Sua última cliente de corte e coloração havia demorado mais do que o esperado, e já passava das sete. Ela precisava dirigir cem quilômetros, fazer jantar para o filho, ajudá-lo com o dever de casa e obrigá-lo a entrar no banho. Depois que ele estivesse na cama, ela tinha de arrumar todas as sacolas de brinde para o evento do Spa no próximo sábado à noite.

Havia uma única lâmpada acesa quando ela trancou a porta. Sentiu o ar frio da noite no rosto e uma brisa suave remexeu a parte de trás de seu casaco de lã. Era fim de março no Panhandle do Texas e ainda fazia frio à noite, a ponto de dar para enxergar a própria respiração.

Desde que podia se lembrar, as pessoas a chamavam de maluca. A Maluca Lily Brooks. Então ela se casou com aquele cretino do Ronny Darlington e passaram a chamá-la de "a Maluca Lily Darlington".

O barulho dos saltos de suas botas a caminho do Jeep Cherokee ecoou. Com o polegar, apertou o botão da chave que abria as portas, e o porta-malas abriu. Largou a bolsa pesada ao lado das caixas cheias de produtos para a pele e cabelos e fechou a porta.

Tudo bem, talvez ela tenha sido um pouco maluca durante o casamento, mas o ex-marido a deixava maluca. Ele aprontou com metade da população feminina de Lovett, Texas. Ele mentia e dizia que ela estava imaginando coisas. Ele era tão bom na traição, que ela quase se convenceu de que estava realmente imaginando coisas. Então ele a trocou pela Kelly, a Vadia. Ela nem se lembrava do sobrenome de Kelly, mas ele saiu de casa e deixou Lily sem olhar para trás. Ele também a deixou com uma pilha de contas, uma geladeira vazia e um menino de dois anos.

Ele achou que poderia simplesmente seguir em frente. Ele achou que poderia se safar de fazê-la de idiota. Ele achou que ela poderia suportar tudo, e foi isso, mais do que qualquer outra coisa, que a fez invadir a sala da casa dele com o carro. Ela não estava tentando matar nem ele, nem ninguém. Ele nem estava em casa na ocasião. Ela só queria que ele soubesse que ela não era descartável. Que ele não podia simplesmente ir embora sem sofrer, como ela estava sofrendo. Mas ele não sofreu. Lily acabou no hospital com uma concussão cerebral e uma perna quebrada, e ele não deu a mínima para nada além da TV destruída.

Ela se fechou dentro da caminhonete e deu a partida. O Cherokee vermelho foi o primeiro carro novo que ela comprou na vida. Até um ano atrás, ela sempre comprara carros usados. Porém, com o sucesso do salão e do spa, Lily pôde gastar com algo que sempre havia sido um sonho — um sonho que ela nunca acreditou que pudesse realmente se tornar realidade. Os faróis brilharam nos fundos do spa enquanto ela saía de ré do estacionamento para seguir a caminho de casa — rumo à casinha de três quartos ao lado da mãe, em Lovett, a cidadezinha ao norte de Amarillo, onde ela nasceu e se criou.

Viver ao lado da mãe era, ao mesmo tempo, uma maldição e uma bênção. Uma maldição porque Louella Brooks estava aposentada sem nada para fazer além de se intrometer na vida de todo mundo. Uma bênção porque Louella estava aposentada e podia cuidar de Pippen, quando ele saía da escola. Por mais que sua mãe a enlouquecesse, com seus artesanatos e suas histórias divagantes, ela era uma boa avó e era bom não precisar se preocupar com o filho.

Lily entrou na rodovia que levava a Lovett e ligou o rádio numa estação de música *country*. Jamais criaria o filho sozinha, depois de ter sido criada por uma mãe solteira. Louella trabalhou duro para sustentar Lily e sua irmã mais velha, Daisy, servindo café e frango frito durante longos expedientes na lanchonete Wild Coyote. Ela queria mais para o próprio filho — Phillip Ronald Darlington, ou, como todos o chamavam, Pippen. Lily tinha vinte e oito anos quando ele nasceu. Ela já sabia que o casamento de três anos estava com problemas, mas insistiu nele desesperadamente, tentando de tudo para manter a família unida e dar ao filho algo que ela nunca tivera: um pai e uma mãe que ficassem em casa. Ela ignorou muita coisa para isso acontecer, para acabar vendo Ronnie deixar ela e o filho mesmo assim.

Às 7 da noite, o trânsito para Lovett era raro ou quase nulo. Enquanto ela dirigia, os faróis refletiam no asfalto e nos arbustos do acostamento. Desligou o rádio, ligou o iPod e começou a cantar junto com os Rascal Flatts. O limite de velocidade da estrada era de 110 quilômetros por hora, o que na realidade significava 120. Todo mundo sabia disso e ela acelerou até razoáveis 122 quilômetros por hora.

Durante um ano depois do divórcio, ela pode ter ficado um pouco... ousada. Ela pode ter ficado mais impulsiva e emocional. Pode ter ficado perdida, ter sido demitida de vários empregos, ter virado muitas doses de tequila e dormido com homens demais. Pode ter tomado algumas decisões irrefletidas — como a tatuagem escrito Lily ao lado do ilíaco e o aumento dos seios. Mas não era como se ela tivesse ficado parecida com uma *stripper.* Ela foi de uma taça B, de depois do nascimento de seu filho, para a C de antes. Agora ela detestava ter gasto dinheiro numa tatuagem e também tinha um sentimento ambivalente em relação ao que gastou nos peitos. Se estivesse numa situação melhor, talvez não tivesse feito a cirurgia. Se na ocasião tivesse a confiança que tinha agora, talvez tivesse gasto o dinheiro em algo mais prático. No entanto, Lily gostava da própria aparência e não chegava a se arrepender. Na época, os novos peitos da Maluca da Lily Darlington haviam sido o principal assunto da cidadezinha. Ou, pelo menos, do bar Road Kill, em que havia passado tempo demais procurando pelo Sr. Certo, para acabar sempre com mais um Sr. Errado.

Lily não gostava de se lembrar daquele ano de sua vida. Ela não havia sido uma mãe muito boa, mas imaginava que fosse algo que precisava trabalhar para chegar onde estava agora. Era algo que ela precisava viver antes de endireitar a cabeça e poder pensar no futuro dela e de Pip. Algo de que ela precisava se livrar antes de ir para a escola de cosmetologia, tirar sua licença e construir uma clientela.

Agora, sete anos depois de ter feito o primeiro permanente e o primeiro corte de cabelo, ela era proprietária de um salão — o Lily Belle, em que outros cabeleireiros, massagistas, manicures e esteticistas alugavam espaço. Ela finalmente estava se saindo bem. Tão bem que não precisava mais usar o identificador de chamadas para evitar os cobradores.

Ela pensou em tudo o que ainda precisava fazer naquela noite e tinha esperança que sua mãe já tivesse dado o jantar para Pippen. O garoto era maior do que a maioria dos meninos da idade dele. Ele ia ser do tamanho do pai, o maldito. Ainda que ultimamente Ronnie viesse dando um pouco mais de atenção ao filho. Ele ia ficar com Pip no fim de semana seguinte, o que era ótimo, já que Louella tinha uma de suas noites de bingo, e Lily, seu evento no spa.

O telefone na bolsa e o UConnect do carro tocaram e ela olhou para a direção. O Jeep ainda era tão novo, que ela frequentemente apertava os botões errados e acabava derrubando a ligação em vez de atender. Principalmente à noite. Ela apertou o botão que esperava ser o correto.

— Alô?

— Quando você vai chegar em casa? — O filho perguntou.

— Estou a caminho.

— O que vamos jantar?

Ela sorriu e enfiou a mão dentro da bolsa ao lado.

— A vovó não lhe deu nada?

Pippen suspirou.

— Ela fez espaguete.

— Ah.

Louella era famosa por sua insossa comida italiana. Pelas mexicanas também. Na realidade, para uma mulher que havia passado a vida servindo comida, ela cozinhava muito mal.

— Eu estou escondido no banheiro.

Lily riu e pegou uma garrafa d'água.

— Eu faço um queijo quente e uma sopa quando chegar — ela disse, abrindo a tampa da garrafa. Estava com a garganta seca. Imaginou se estava ficando doente. Um dos muitos problemas de trabalhar com muita gente.

— De novo?

Agora foi a vez de Lily suspirar.

— O que você quer?

Ela olhou por cima da garrafa enquanto tomava um longo gole. Não tinha tempo para ficar doente.

— Pizza.

Ela sorriu e abaixou a garrafa.

— De novo?

Um *flash* de luz no espelho retrovisor chamou sua atenção. Um carro de polícia a seguia de perto, e ela diminuiu a velocidade esperando que ele passasse. Como isso não aconteceu, ela se deu conta, chocada, que ele estava atrás dela.

— Ah, pelamordedeus — ela resmungou. — Isso não pode ser sério.

— O quê?

— Nada. Eu preciso desligar, Pippy. — Ela não queria assustá-lo enquanto diminuía a velocidade. — Estarei logo em casa

— ela disse, antes de desligar o telefone. Parou o carro no acostamento, e os faróis e as luzes vermelhas e azuis iluminaram o interior do Jeep quando o carro policial encostou atrás dela.

Em outro momento de sua vida, ela teria pirado. Seu coração teria disparado e ela ficaria com a cabeça girando, imaginando freneticamente qual fora o flagra daquela vez ou o que podia haver guardado no porta-luvas, no painel ou no porta-malas. Aqueles dias haviam ficado no passado e, naquela noite, ela só estava se sentindo irritada. O que ela imaginava era que ela era, apenas, uma cidadã cumpridora das leis. Uma adulta de trinta e oito anos. Mesmo assim, ficou irritada.

Desengatou o carro e apertou o botão do apoio de braço para abrir o vidro. Pelo espelho lateral, viu a porta do carro policial abrir. Ela conhecia a maioria dos policiais do Condado de Potter, tendo ido à escola com metade ou com parentes deles. Se fosse o Neal Flegel ou o Marty Dingus que a estivesse parando, ficaria muito irritada. Neal era um amigo que não pensaria duas vezes antes de fazê-la parar só para encher o saco, e Marty havia se divorciado recentemente. Ela havia cortado os cabelos dele na semana anterior, e ele chegou a gemer quando ela estava lavando seus cabelos. Ela não tinha tempo de ser parada no trânsito para que Marty pudesse convidá-la para sair mais uma vez.

Lilly franziu a testa enquanto observava o policial, iluminado por trás, aproximando-se. Ele era mais baixo do que Marty e mais magro do que Neal. Viu que ele estava usando um casaco de náilon marrom com uma estrela no peito. Tinha alguns equipamentos presos ao colarinho do casaco, e o cinto parecia estar pesado com vários objetos policiais. A respiração dele aparecia à luz dos faróis, conforme ele se aproximava, com o tum-tum-tum firme de suas botas diminuindo a distância.

— Acho que eu não estava correndo, seu guarda — ela disse, quando ele parou ao lado da porta.

— Na realidade, estava. — As luzes vermelhas e azuis piscavam refletidas no rosto dele. Ela não conseguia ver seu rosto claramente, mas dava para perceber que ele era jovem. — Tem alguma arma no veículo, Sra. Darlington?

Ahhh. Ele já havia conferido suas placas e descoberto que ela tinha porte de arma.

— Está embaixo do meu banco.

Ele apontou a lanterna acesa para entre os pés dela.

— Você não vai conseguir ver.

— Garanta que eu não veja. — Ele apontou a luz para o ombro dela. — Preciso ver sua carteira de motorista, o registro do carro e o certificado de seguro.

Ela pegou a bolsa e tirou a carteira de dentro.

— Você fala rápido demais para ser da região. — Lily pegou a carteira de motorista e o cartão do seguro. — Você deve ser novo na cidade.

— Estou no Condado de Potter há algumas semanas.

— Está explicado. — Ela procurou o registro do carro no porta-luvas e entregou tudo a ele. — Ninguém é parado por andar dez quilômetros acima do limite de velocidade.

— Não foi por isso que eu a parei. — Ele apontou a lanterna para os documentos. — A senhora passou por cima da divisão das pistas várias vezes.

Sério? Ela não era uma grande motorista quando tentava fazer duas coisas ao mesmo tempo. Foi por isso que comprara o sistema de mãos livres UConnect.

— Não tem mais ninguém na estrada a vinte quilômetros daqui — ela observou. — Eu não estava correndo qualquer perigo de colisão.

— Isso não faz com que deixe de ser ilegal andar com metade do carro na contramão.

Ela olhou para o rosto dele em meio às sombras — e para o ponto em que a luz atingia o queixo bem barbeado, o maxilar marcado e uma boca que ficava impressionante com a sombra que destacava o lábio superior. O resto dele estava escondido na noite escura, mas ela teve a nítida impressão de que ele não era apenas jovem, mas muito atraente. Do tipo que faria Lily mexer nos cabelos, quando era mais nova. Ultimamente, tudo o que ela sentia era vontade de estar em casa com seu velho pijama de flanela. Provavelmente deveria se sentir triste por isso, mas não se sentia.

— A senhora bebeu alguma coisa esta noite?

Ela sorriu.

— Só água. — Lembrou da última vez que Neal havia lhe dado uma carona do bar Road Kill.

— Há algo engraçado?

E das muitas vezes que ela fugia das festas para casa, caindo na cama quando sua mãe acordava para trabalhar de manhã.

— Tem — ela disse, começando a dar risada.

Só que ele não riu.

— Eu já volto — disse ele, indo para o carro com os documentos. Ela recostou a cabeça e fechou a janela. O policial a estava fazendo perder tempo, e ela pensou no filho e no jantar. Ultimamente, ele só queria comer pizza, mas Pip era assim mesmo. Quando enfiava alguma coisa na cabeça, era difícil de tirar.

Até agora, Pippen havia sido um bom menino. É verdade que ele tinha apenas dez anos, mas tendo ela e Ronnie Darlington como pais, a rebeldia devia estar em seu DNA. Ela só via algum tipo de agressividade quando ele praticava esportes. Ele adorava esportes, de todos os tipos — até mesmo boliche. E era muito competitivo, o que normalmente não seria algo ruim, só que Pip era hipercompetitivo. Achava que, se fosse muito bom nos esportes, o pai iria aos jogos dele. Havia dois problemas nessa lógica.

Pip não havia se desenvolvido completamente, mal conseguia caminhar sem tropeçar. Era desajeitado e, até agora, um aquecedor de bancos em série. Porém, mesmo que fosse o melhor em tudo, Ronny era egoísta demais para pensar nos jogos de futebol ou basquete do filho.

Uma batida no vidro à esquerda chamou sua atenção, e ela apertou o botão para abrir a janela.

— Encontrou alguma irregularidade? — perguntou, sabendo a resposta.

— Hoje não. — Ele devolveu os documentos pela janela. — Eu a parei por direção desatenta, mas não vou multá-la.

Ela achou que devia dizer alguma coisa.

— Obrigada... — fez uma pausa —, policial...?

— Matthews. Mantenha-se do seu lado da estrada, Lily. Sei que quer estar por perto para ver seu filho crescer. — Ele deu meia volta e seguiu para o carro, pisando forte com as botas no cascalho do acostamento.

Ele sabia que ela tinha um filho? Lily engatou a marcha do Jeep e voltou lentamente para a estrada. Como? Esse tipo de informação está disponível na consulta ao sistema pelo número da carteira de motorista? Ele havia descoberto o quanto ela pesava também? Olhou pelo retrovisor. Ele ainda estava parado no acostamento, mas havia desligado a lanterna. Como a maioria das mulheres, ela informava três quilos a menos do que realmente pesava. Não pesava cinquenta e seis quilos de verdade, mas queria pesar. Tinha a impressão de que, desde os 30 anos, havia engordado três quilos extras que simplesmente não conseguia perder. Claro que um filho de dez anos que precisa sempre de guloseimas em casa não ajudava.

Em poucos instantes, Lily havia se esquecido do policial Matthews. Tinha outras coisas com que se preocupar e, dez minutos depois, acionou o controle remoto preso ao visor, passou pelo aro de basquete instalado ao lado da entrada de carros e seguiu até a garagem. Tinha certeza de que Pippen estava na casa ao lado, espiando pela janela da frente, e estaria em casa antes que ela largasse a sacola e a bolsa.

Como previsto...

— Mamãe! — ele chamou, entrando pela porta dos fundos. — A vovó disse que vem aqui com o espaguete que sobrou. — Atirou a mochila sobre a mesa da cozinha. — Se esconda!

Droga. Ela enfiou a mão na bolsa e pegou o celular.

— Oi, mãe — disse, assim que sua mãe atendeu. — O Pippen disse que você vai trazer espaguete. Que pena que eu não sabia, porque trouxe comida do Chicken Lickin'.

— Ah, que pena. Eu sei o quanto você adora espaguete. — Lily não sabia de onde ela havia tirado essa ideia. — Eu falei a você sobre o seu novo vizinho?

Lily revirou os olhos e abriu o casaco. A casa à sua esquerda estivera à venda por mais de um ano. Havia sido vendida algumas semanas atrás, e ela se perguntou por que Louella havia demorado tanto a se apresentar e descobrir tudo.

— É um rapaz solteiro com uma gata chamada Pinky.

Um homem com uma gata? Chamada Pinky?

— Ele é *gay*?

— Não me pareceu, mas você se lembra de Milton Farley.

— Não. — Ela também não se importava, mas não havia como interromper Louella quando ela tinha uma história para contar.

— Ele morava em Ponderosa e era casado com a Brenda Jean. Eles tinham aqueles filhos pequenos que estavam sempre com o nariz escorrendo. Alguns...

Lily pôs a mão sobre o telefone e sussurrou para o filho, que estava abraçado à cintura dela:

— Eu vou para o inferno por mentir a sua avó por você.

Pippen levantou o rosto em frente à sua blusa. Ele sorriu, mostrando o aparelho com elásticos azuis. Às vezes, ele se parecia tanto com o pai que ela ficava arrasada. Cabelos loiros, olhos castanhos e cílios longos e encurvados.

— Eu te amo, mamãe — ele disse, deixando Lily contente.

Ela iria satisfeita para o inferno por Pip. Atravessaria paredes de fogo, mataria, roubaria e mentiria para a mãe pelo filho. Ele se tornaria um rapaz forte e saudável e iria para a universidade Texas A&M.

Phillip "Pippen" Darlington ia ser alguém. Alguém melhor que seus pais.

Enquanto a mãe continuava tagarelando sobre Milton Farley e seus namorados escondidos em Odessa, Lily se abaixou e beijou o topo da cabeça do filho. Coçou suas costas através da camiseta do time de futebol da Texas A&M e o sentiu se arrepiar. Ronnie Darlington era um cretino, sem dúvida, mas havia dado a ela um menininho maravilhoso. Ela nem sempre fora uma boa mãe, mas agradecia a Deus por nunca haver detonado tanto a ponto de arruinar a vida do filho.

— ... e a gente simplesmente sabia que ele estava enganado todo mundo com sua...

Lily fechou os olhos e aspirou o perfume dos cabelos de Pippen. Ela cuidava para que o filho não precisasse ouvir coisas a respeito da mãe esquisita dele na escola. Sabia como era isso. E fazia um esforço muito grande para garantir que nunca o constrangeria e que ele nunca precisasse ouvir os colegas chamando a mãe dele de Maluca Lily Darlington.

Dois

Tons de cinza atravessavam o céu de Lovett, no Texas, quando o policial Tucker Matthews estacionou seu Toyota Tundra na garagem e desligou o motor. O amanhecer completo ainda estava meia hora a leste e a temperatura pairava pouco acima do congelante.

Pegou a mochila e a Glock de serviço do banco ao lado. Tinha acabado de começar sua terceira semana de trabalho com o Xerife do Condado de Potter e estava acabando seu segundo turno noturno de doze horas. Entrou na cozinha e deixou a mochila e a pistola em cima do balcão. Pinky miou de sua cama na sala e foi correndo até a cozinha para recebê-lo.

— Calma aí, Pinkster — disse, tirando o casaco marrom de serviço, que pendurou num gancho atrás da porta dos fundos, e foi até a geladeira. O veterinário havia dito que leite não fazia bem a Pinky, mas ela adorava. Serviu um pouco de semidesnatado num pratinho no chão para a gata totalmente preta de nariz cor-de-rosa que se esfregava em sua perna, ronronando enquanto ele lhe coçava a cabeça. Pouco mais de um ano antes, ele nem gostava de gatos. Vivia numa base militar em Fort Bliss, prestes a se desligar do Exército depois de dez anos de serviço preparando-se para ir morar com a namorada, Tiffany, e a gata dela, Pinky. Duas semanas depois de ele se mudar, ela foi embora — levando sua guitarra Gibson Les Paul personalizada e deixando a gata para trás.

Tucker se levantou e atravessou a cozinha. Depois disso, ele tinha duas alternativas: voltar para o exército ou fazer outra coisa da vida. Ele adorava o exército. Os rapazes eram como seus irmãos. Os comandantes, as únicas figuras paternas que ele conhecera. Havia se alistado aos dezoito anos, e o exército havia sido sua única família. Mas ele precisava seguir em frente. Fazer algo além de explodir coisas e levar tiros. E não havia nada melhor do que uma bala na cabeça para fazer um sujeito se dar conta de que ele realmente se importava em viver ou morrer. Até sentir o sangue correndo pelo rosto, ele achava que não se importava. Não que houvesse qualquer outra pessoa além de seus companheiros de exército que se importassem, de qualquer maneira.

Então ele conheceu Tiffany, e achou que ela se importava. Alguns dos rapazes o haviam alertado que ela era tiete de militares, mas ele não deu atenção. Ele havia conhecido tietes mergulhado algumas vezes em suas piscinas, mas com Tiffany havia se permitido acreditar que ela gostava dele, que queria mais do que um soldado de prontidão de tempos em tempos. Talvez ele quisesse ser enganado.

No fim, ele achava que ela se importava mais com a guitarra dele. Primeiro, ficou furioso. Que tipo de pessoa abandona uma gatinha, deixando o bichinho com ele? Um cara que nunca havia tido nenhum animal de estimação e não tinha ideia do que fazer com um? Agora, percebia que Tiffany lhe fizera um favor.

E o que um ex-atirador do exército fazia depois de ser dispensado? Entrava para a Academia de Xerife do Condado de El

Paso, é claro. O programa de treinamento de seis meses havia sido moleza para ele, que se formou como melhor aluno da turma. Depois de encerrado o período probatório, ele se candidatou a uma vaga no Condado de Potter, alguns meses antes, e se mudou para Lovett.

A luz do sol tomou o seu quintal e o da vizinha. Ele havia comprado sua primeira casa algumas semanas atrás. Sua casa. Ele tinha trinta anos e, exceto pelos primeiros cinco anos de vida, quando morou com a avó, aquela ela a primeira casa à qual ele realmente pertencia. Não era um estranho. Um invasor. Aquele não era um abrigo temporário até ele ser enviado para mais uma família provisória.

Ele estava em casa. Sentia isso no corpo e não sabia por quê. Havia morado em diferentes lugares do país — do mundo —, mas Lovett, no Texas, havia parecido o lugar certo desde a chegada. Reconheceu o Jeep vermelho de Lily Darlington antes mesmo de consultar as placas no sistema. Durante a última semana, desde que se mudou, ele estava sempre se aprontando para dormir enquanto ela saía de ré com o filho no carro.

Antes de apontar a lanterna para o carro dela, a primeira impressão que teve da vizinha foi... mãe solteira com grandes cachos loiros e um corpo longilíneo e forte. Depois de pará-la, sabia que ela tinha trinta e oito anos, era mais velha do que aparentava e mais bonita do que ele imaginara ao vê-la rapidamente. E claramente havia ficado irritada por ele ter tido a audácia de pará-la. Mas estava acostumado com isso. Normalmente, as pessoas não gostavam de ver as luzes piscando pelo retrovisor.

Atravessando os dois quintais, separados por uma cerca branca baixa, a janela da cozinha dele dava de frente para a dela. Era sábado. Ainda não havia luzes acesas, mas ele sabia que, por volta das dez da manhã, o menino dela estaria na rua batendo uma bola de basquete, mantendo-o acordado.

Fazia dois anos que saíra do exército, mas ainda tinha o sono muito leve. Bastava um pequeno som para que estivesse completamente desperto, identificando a posição, a origem e a natureza exata do barulho.

Trocou o leite de Pinky, que então o seguiu para fora da cozinha até a sala. Havia um controle remoto em cima da mesa de centro feita por ele a partir de uma velha porta de demolição. Ele tinha lixado e envernizado a madeira, que ficou suave como cetim.

Tucker adorava trabalhos manuais. Adorava transformar um pedaço de madeira velha em algo bonito. Pegou o controle e ligou a TV de tela grande num canal de noticiário nacional. Pinky saltou no sofá ao seu lado, enquanto ele se recostava e desamarrava as botas táticas. Ronronou profundamente ao espremer o corpinho preto entre o braço e o peito dele. Com a atenção na tela do outro lado da sala e nas últimas notícias do Afeganistão, ele terminou de desamarrar uma bota e começou a outra. A imagem de tanques e tropas camuflados trouxe de volta lembranças de desassossego, violência e tédio. De derrubar portas, atirar em qualquer coisa que se mexesse e ver amigos morrendo. De adrenalina, medo apertando a garganta e sangue.

Pinky bateu a cabeça em seu queixo e ele ficou mexendo o rosto de um lado para outro para evitá-la. As coisas que ele havia visto e feito no exército certamente o afetaram. Ele tinha mudado, mas não como alguns dos caras que conhecera. Provavelmente porque ele já havia tido uma boa quantidade de trauma e estresse antes de se alistar. Aos dezoito anos, já era *expert* em lidar com o que quer que a vida lhe apresentasse. Sabia como ignorar e deixar tudo passar.

Não havia saído do exército com transtorno de estresse pós-traumático, como alguns de seus companheiros. Ah, é claro que se sentia tenso e inquieto, mas, depois de alguns meses, estava adaptado à vida civil. Talvez porque toda sua vida sempre havia sido uma adaptação depois da outra.

Mas não mais.

— Por Deus, Pink.

Os pulos e o ronronar da gata ficaram tão irritantes que ele a levantou e a sentou no sofá ao seu lado. Claro que ela não ficou onde ele a deixou, e voltou direto para o colo dele. Ele suspirou e coçou suas costas. De alguma maneira, havia deixado que uma gata preta de quatro quilos com o focinho cor-de-rosa mandasse na vida dele. Não sabia ao certo como aquilo havia acontecido. Ele costumava achar que gatos eram para velhas, mulheres feias ou *gays*. O fato de ele próprio haver construído uma casinha de gato de meio metro quadrado e ter uma despensa cheia de guloseimas felinas mandava todo esse velho preconceito para o espaço. Ele não era uma velha, nem uma mulher feia, nem *gay*. Mas ainda se negava a colocar roupas na gata.

Tirou a calça do uniforme e a camiseta que vestia embaixo da camisa. Preparou um lauto café da manhã com bacon, ovos e suco. Enquanto lavava a louça, ouviu as primeiras batidas da bola de basquete do vizinho. Eram 8h30 da manhã. O garoto havia começado mais cedo do que o normal. Tucker olhou pela janela que dava para a entrada de carros da vizinha. Os cabelos loiros do menino estavam espetados atrás. Ele estava usando uma capa de chuva prateada dos Dallas Cowboys e calça de moletom vermelha.

Quando trabalhava no turno da noite, Tucker gostava de dormir antes das 10 da manhã e acordar por volta das 4 da tarde. Poderia usar tampões de ouvido, mas preferia não fazer isso. Não gostava da ideia de ter os sentidos bloqueados durante o sono. Pôs os tênis de corrida e um casaco de moletom cinza com capuz. Se conversasse com o garoto, talvez conseguisse entrar num acordo.

Acionou o controle remoto da garagem no caminho e foi até a entrada de carros. A manhã fria gelou suas mãos, e sua respiração condensava, saindo pela boca e pelo nariz. Ele seguiu na direção do menino, atravessando uma faixa de grama congelada, enquanto o bate-bate-bate da bola e o seu barulho atingindo a tabela enchiam seus ouvidos.

— Oi, parceiro — disse, ao parar ao lado da entrada de carros da vizinha. — Está meio frio para jogar tão cedo.

— Eu preciso ser o melhor — respondeu o garoto, deixando um rastro de respiração condensada atrás de si ao tentar uma bandeja e errar. A bola bateu no aro e o garoto a pegou antes de cair no chão. — Eu vou ser o melhor da escola.

Tucker enfiou as mãos nos bolsos do agasalho.

— Você vai congelar as bolas, garoto.

O menino parou e olhou para ele. Seus olhos castanho-claros se arregalaram enquanto ele prendia a bola sob um dos braços de seu casaco fofo.

— É mesmo?

Não. Não exatamente. Tucker encolheu os ombros.

— Eu não arriscaria. Esperaria até às 3 ou 4 da tarde, quando estivesse mais quente.

O menino tentou um *jump*, que contornou o aro.

— Não posso. É fim de semana. Eu preciso treinar o máximo possível.

Droga. Tucker abaixou e pegou a bola, que veio rolando até seu pé. Imaginou que poderia intimidar o garoto com algum tipo de advertência ou assustá-lo com uma ameaça de prisão. Mas Tucker não acreditava em advertências vazias ou em abuso de poder. Sabia como era ser vítima disso. E dizer ao garoto que ele ia congelar as bolas não contava. Isso realmente podia acontecer ali no Panhandle do Texas. Especialmente quando o vento começava a soprar.

— Qual o seu nome?

— Phillip Darlington, mas todo mundo me chama de Pippen.

Tucker estendeu a mão livre.

— Tucker Matthews. Quantos anos você tem, Pippen?

— Dez.

Tucker não era nenhum especialista, mas o garoto parecia alto para a idade.

— Minha avó disse que você deu o nome de Pinky para a sua gata. É um nome esquisito.

Ouvir isso de um menino chamado Pippen? Tucker quicou a bola algumas vezes.

— Quem é a sua avó?

— Louella Brooks. Ela mora em frente à nossa casa. — Ele apontou para trás com o polegar.

Ah. A senhora que falava sem parar e havia lhe dado uma torta de nozes.

— Nós temos um problema.

— Temos? — ele fungou e passou as costas da mão pelo nariz vermelho.

— Sim. Eu preciso dormir, e não consigo com você batendo essa bola.

— Ponha um travesseiro na cabeça. — Ele entortou o queixo para um lado. — Você também pode ligar a TV. A minha mãe precisa dormir com a TV ligada às vezes.

Nenhuma das coisas servia.

— Tenho uma ideia melhor. Nós jogamos uma melhor de sete. Se eu ganhar, você espera até a 3 horas para jogar. Se você ganhar, eu boto um travesseiro na cabeça.

Phillip sacudiu a cabeça.

— Você é adulto. Isso não é justo.

Droga.

— Eu lhe dou uma vantagem de três cestas.

O garoto olhou para os dedos e contou.

— Eu só preciso fazer duas cestas?

— Sim. — Tucker não se preocupou. Vinha observando o menino há uns dois dias, e ele era muito ruim. Atirou a bola para o garoto. — E até deixo você começar.

— Está bem.

Pippen apanhou a bola e foi até uma linha de tiro livre invisível. Respirou fundo, apertou os olhos e quicou a bola. Ficou numa posição esquisita de tiro livre, lançou e errou completamente. A bola não chegou nem perto da tabela, e Tucker tentou não sorrir enquanto corria até a própria entrada de carros para buscá-la. Voltou quicando a bola e fez uma cesta com a mão esquerda.

— Um — disse ele, atirando a bola de volta para Pippen. O menino tentou uma bandeja e errou.

Tucker enterrou uma bola.

— Dois.

— Nossa. — Pippen sacudiu a cabeça. — Você é bom.

Tucker jogara muito basquete nos tempos livres no exército, e o fato de a cesta do garoto estar a apenas dois metros e meio de altura e não haver ninguém fazendo a defesa ajudava.

O menino foi até o lugar onde Tucker estava. Mais uma vez, estreitou os olhos e quicou a bola na frente do corpo. Ele alinhou o arremesso, e Tucker suspirou.

— Fique com os cotovelos retos — ele se ouviu dizendo. Por Deus, não acreditava que estava dando dicas para o garoto. Nem sabia ao certo se gostava de crianças. Nunca chegara a conviver com crianças desde que deixara de ser uma, e a maioria daquelas com que conviveu eram iguais a ele: rejeitadas.

Pippen segurou a bola na frente do rosto e apontou os cotovelos para a rede.

— Não. — Tucker foi para trás do menino, abaixou a bola alguns centímetros e levou as mãos geladas dele até a posição correta. — Mantenha a bola alinhada, dobre os joelhos e arremesse.

— Pippen!

Tanto Tucker quanto o garoto giraram ao mesmo tempo. Lily Darlington estava parada atrás deles, enrolada num casaco vermelho de lã e vestindo chinelos brancos de coelhinho. A luz clara da manhã refletia em seus cabelos loiros enrolados em rolos imensos. O ar frio congelou os pulmões dele e deixou o rosto dela rosado. Ela estava linda, ainda que seu olhar azul gélido o tivesse destruído. Ficou olhando fixamente para ele enquanto falava com o filho.

— Eu chamei o seu nome duas vezes.

— Desculpe. — O menino quicou a bola. — Eu estava treinando meus arremessos.

— Vá tomar o café da manhã. Seus *waffles* estão esfriando.

— Eu preciso treinar.

— A temporada de basquete está suspensa até o ano que vem.

— É por isso que eu preciso treinar. Para jogar melhor.

— Você precisa ir comer. Agora.

Pippen deu um longo e sofrido suspiro e atirou a bola para Tucker.

— Você pode jogar, se quiser.

Ele não queria, mas segurou a bola.

— Obrigado. A gente se vê por aí, Pippen.

Quando o garoto passou correndo pela mãe, ela estendeu o braço e o agarrou. Ela o apertou com força e o beijou no topo da cabeça.

— Você não precisa ser o melhor em tudo, Pip. — Então se afastou e olhou nos olhos dele. — Eu te amo além do sol e das estrelas.

— Eu sei.

— Para todo o sempre. Pela eternidade. — Levou as palmas das mãos ao rosto dele. — Você é um bom menino — ela sorriu para o rosto amassado dele — com as mãos sujas. Vá lavá-las antes de comer.

Tucker olhou para as mãos magras dela cobrindo as bochechas e orelhas do menino. Tinha as unhas vermelhas e a pele de aparência macia. Uma veia fina azulada marcava seu pulso e desaparecia sob o punho do casaco vermelho de lã. O ar gelado em seus pulmões começou a queimar.

— Entre logo, ou as suas orelhas vão congelar.

— As minhas bolas.

Opa.

— O quê?

— As minhas bolas vão congelar. — Ele olhou por cima do ombro e deu risada. — O Tucker disse que está tão frio aqui fora que vou congelar as bolas.

Ela desviou o olhar para ele e levantou uma sobrancelha.

— Que encantador... — disse ela, passando os dedos pelos cabelos curtos do filho. — Vá comer, antes que seus *waffles* fiquem frios como as suas... orelhas.

O menino saiu em disparada, e ela cruzou os braços no peito. Os rolos de cabelo deveriam deixá-la com uma aparência ridícula. Mas não deixavam. Faziam que ele quisesse vê-la tirando-os. Aquilo era uma bobagem, e ele começou a quicar a bola para parar de pensar nos cabelos dela.

— Você deve ser o novo vizinho.

— Tucker Matthews. — Ele prendeu a bola embaixo de um braço e estendeu a mão livre. Ela olhou para sua mão durante vários instantes, e então a apertou. Tinha a pele quente e tão macia como aparentava ser. Imaginou qual seria a sensação da palma da mão dela na lateral de seu rosto. Então se perguntou por que estava imaginando qualquer coisa a respeito dela.

— Lily Darlington. — Ela o encarou com os olhos azuis, obviamente sem reconhecê-lo da noite anterior. Recolheu a mão e a enfiou no bolso. — Tenho certeza de que você é muito legal, mas sou muito protetora e não permito qualquer homem perto do meu filho.

Atitude inteligente, ele pensou.

— Você tem medo de que eu faça alguma coisa com o seu filho?

Ela sacudiu a cabeça.

— Não tenho medo. Só estou dizendo para você que protejo o Pip.

Então talvez não devesse tê-lo apelidado de Pip, porque isso era garantia de que ele sofreria *bullying*. Mas, pensando bem, eles estavam no Texas. As regras para nomes no Texas eram diferentes do resto do país. Um cara chamado Guppy não poderia dar uma surra num Pip.

— Eu não vou machucar o seu filho.

Ele cruzou os braços e se balançou nos calcanhares.

— Só para deixarmos tudo claro, se você algum dia pensar em machucar um fio de cabelo dele, eu mato você e não perco um segundo de sono com isso.

Por algum motivo perverso, a ameaça fez ele gostar dela.

— Você nem me conhece.

— O que eu sei é que você está jogando basquete com um menino de dez anos de idade às 9 horas da manhã — ela disse, com o sotaque ficando mais forte. — Está zero grau, e você está falando sobre bolas congeladas com o meu filho. Esse não é exatamente um comportamento normal para um homem adulto.

Como ela evidentemente morava sozinha, ele se perguntou se ela sabia qualquer coisa sobre o comportamento normal de um homem adulto.

— Eu estou jogando basquete e congelando as minhas bolas para conseguir dormir um pouco. Acabei de voltar do trabalho, e o basquete do seu filho não me deixa dormir. Pensei que, se eu jogasse uma melhor de sete, ele fosse me dar um tempo. — Isso estava próximo o bastante da verdade.

Ela piscou.

— Ah.

Ela entortou a cabeça para o lado e sua testa enrugou entre as sobrancelhas, como se de repente estivesse tentando localizá-lo na memória.

— Você trabalha no turno da noite no frigorífico? Eu trabalhei lá por algumas semanas há uns cinco anos.

— Não. — Ele quicou a bola algumas vezes e esperou.

— Humm. — Ela desfranziu a testa e se virou para entrar. — Preciso ver como está o Pip. Foi um prazer conhecê-lo, Sr. Matthews.

— Nós nos conhecemos ontem à noite.

Ela se virou de novo para ele, mais uma vez com a testa franzida.

— Eu a parei por direção desatenta.

Os lábios dela se entreabriram.

— Foi você?

— Foi. — Ele sacudiu a cabeça. — Você dirige muito mal, Lily.

— Você é xerife?

— Auxiliar.

— Isso explica essa calça horrorosa.

Ele olhou para a calça marrom com a faixa bege nas laterais das pernas.

— Você não acha legal?

Ela sacudiu a cabeça.

— Sinto muito.

Ele atirou a bola e ela a apanhou.

— Diga ao Pippen que, se ele me der uma folga amanhã de manhã, eu o ensino a enterrar amanhã à tarde, por volta das quatro.

— Vou dizer.

— Você não tem medo de que eu seja um tarado?

— O Pippen sabe que não pode sair no quintal sem falar para mim ou para a avó. — Ela encolheu os ombros. — E você já sabe que eu tenho licença para porte de arma. Tenho uma Beretta 9mm subcompacta. — Enfiou a bola embaixo de um braço. — Só para você saber.

— Que bom. — Ele conseguiu não rir. — Mas você está se gabando ou ameaçando um agente da lei?

— O pai do Pippen não é muito presente. Eu sou tudo o que ele tem, e é minha função garantir que ele esteja sempre seguro e seja feliz.

— Ele tem sorte de ter você.

— Eu tenho sorte de tê-lo.

Tucker ficou vendo ela se afastar, então se virou e voltou para casa. Apenas uma pessoa em toda a sua vida garantiu que ele estivesse seguro. Sua avó Betty. Se fizesse um esforço, conseguiria lembrar do toque das mãos macias dela em sua cabeça e nas costas.

Mas Betty morreu três dias depois de Tucker fazer cinco anos.

Ele entrou na cozinha e tirou o moletom pela cabeça. Sua mãe havia ido embora quando ele ainda era bebê, e ele não tinha qualquer lembrança dela. Apenas fotografias. Não sabia quem era seu pai e duvidava que mesmo a mãe soubesse. Ela finalmente acabou se matando com um coquetel de drogas quando Tucker tinha três anos. Quando criança, ele se perguntava a respeito dela, imaginava como sua vida teria sido se ela não fosse viciada. Adulto, sentia apenas desprezo — desprezo por uma mulher que gostava mais de drogas do que do filho.

Desligou a televisão a caminho do quarto e chutou os tênis longe. Depois da morte de Betty, foi mandado para a casa de tias que não o queriam, nem se importavam com ele. Quando fez dez anos, foi entregue ao Estado de Michigan e percorreu o sistema de famílias provisórias.

Tirou a calça e a atirou no cesto que usava para as roupas de lavagem a seco. Ninguém nunca quis adotar um menino de dez anos com o histórico e a péssima atitude que ele tinha. Passou a maior parte do tempo entre os dez e os dezesseis anos entrando e saindo de casas provisórias e do juizado de menores, que afinal o mandou para uma casa de passagem administrada por um veterano aposentado do Vietnã. Elias Peirce era um sujeito durão sem papas na língua e muito rígido. Mas era um homem justo. A primeira vez que Tucker lhe fizera um desaforo, ele deu a Tucker uma velha cadeira de vime e uma caixa de lixa. — Deixe isso liso como bumbum de bebê —, rugiu. Tucker levou uma semana, mas, depois de terminar o dever e as atividades na casa, ele lixava todos os dias até a cadeira parecer seda ao toque das mãos. Depois da cadeira, fez o mesmo com uma estante de livros e uma mesinha.

Tucker não podia dizer que ele e Elias Peirce haviam sido tão próximos como pai e filho, mas Elias mudou a vida de Tucker e nunca o tratou como um garoto rejeitado. Elias o fez trabalhar a raiva e a agressividade que tinha acumuladas sob a pele de uma maneira construtiva.

Tucker não gostava de falar sobre o passado — na realidade, não falava sobre a própria vida. Durante uma conversa normal, sempre que alguém perguntava alguma coisa sobre sua vida, ele apenas dizia que não tinha muitos parentes e mudava de assunto.

Pensou em Lily Darlington e na forma como ela tocou em Pippen. A forma como ela olhou nos olhos dele, tocou em seu rosto e disse que o amava além das estrelas. Tucker tinha certeza de que sua avó o amava, mas tinha a mesma certeza de que ela nunca ameaçou matar ninguém por ele. Ele teve de fazer as ameaças por si próprio. Sempre precisou tomar conta de si.

Era um homem agora — tinha trinta anos —, e era quem era por causa da vida que lhe havia sido dada. Conhecia muitos caras que voltaram do Iraque ou do Afeganistão e tiveram dificuldade em se adaptar à vida fora das forças armadas. Ele não. Pelo menos não tanto. Havia aprendido muito tempo atrás a lidar com as merdas que apareciam pelo caminho. Como lidar com o trauma e como seguir em frente. Ah, é claro que tinha algumas lembranças muito sombrias, mas não vivia com elas. Ele as trabalhava e seguia em frente.

Ficou apenas de cueca cinza e deitou na cama. Tudo o que tinha, havia conquistado. Ninguém havia lhe dado nada, e ele era um homem contente. Caiu no sono poucos minutos depois de encostar a cabeça no travesseiro e, a certa altura, quando estava aquecido e aconchegado, em pleno REM, Lily Darlington entrou em seus sonhos. Estava vestindo seda vermelha e suas mãos tocaram o rosto e o pescoço dele. Ela olhou em seus olhos e sorriu, segurando sua bochecha.

— Você está com frio, Tucker — ela disse. — Precisa se aquecer.

O sonho começou tranquilo e inocente, mas logo ficou quente e safado. Lily levou a boca até o pescoço dele, deslizando as mãos em seu peito, e as coisas que ela sussurrou em sua garganta não eram nem um pouco inocentes.

— Eu quero você — sussurrou ela, passando a palma da mão pela lateral do peito dele, e subindo novamente. — Você me quer? — O toque dela era lento e suave, frustrante, indo e vindo e o deixando louco.

— Sim. Ah, sim. — Ele passou os dedos pelos cabelos dela, segurando-os nas mãos enquanto ela o beijava no pescoço e ia descendo cada vez mais a mão quente... descendo e descendo, até a barriga, até as unhas roçarem logo acima do elástico da cueca.

Ela enfiou os dedos sob o elástico da cintura e enroscou a mão macia e quente em sua ereção extremamente dura.

— Você é um bom menino com mãos sujas.

Tucker sentiu o coração pulando dentro do peito ao empurrá-la contra a parede e penetrá-la. Um ato primitivo de agressão e fome. No sonho, ela adorou cada segundo. Recebeu cada estocada firme do pau dele com ânsia insaciável, empurrando o quadril contra ele, implorando por mais e gemendo seu nome. "Tucker!", ela gritou em sua cabeça, e ele abriu os olhos de repente. Sentou-se na cama, respirando com força e sentindo o pulso disparado nos ouvidos.

Uma faixa de luz entrava sorrateiramente por baixo das cortinas *blackout* e atravessava o quarto escuro. O som de sua respiração pesada preencheu o espaço ao seu redor. Ele havia acabado de ter um sonho de sexo selvagem com Lily Darlington. Claramente, fazia tempo que estava em jejum, e havia perdido a cabeça. Ele não a conhecia. Ela era uma mãe solteira. Ele se sentiu um tarado.

Um tarado que precisava transar antes de perder a cabeça de novo.

Três

Cumprindo o que prometeu, na tarde daquele domingo, perto das quatro, o policial Tucker Matthews bateu na porta da frente de Lily. Ela abriu a porta e ficou parada num silêncio estupefato, como se tivesse levado um golpe na cabeça.

— O Pippen está? — Ele tinha uma bola de basquete nova embaixo do braço e usava óculos escuros estilo aviador prateados cobrindo os olhos — doces olhos castanhos que enrugavam nos cantos quando ele achava graça de algo, como quando ela ameaçou atirar nele na manhã anterior.

Lily ficou tão chocada por ele ter mantido a palavra, que tudo o que conseguiu dizer foi "ahhhhh, sim". Seu choque não tinha nada a ver com a beleza dele. Ela o havia visto no dia anterior, sabia que ele era bonito. Uma cicatriz marcava sua testa desde a metade da sobrancelha direita até a linha dos cabelos castanhos curtos. Isso, combinado aos traços duros e masculinos, impedia que fosse apenas um rapaz bonitinho, e lhe emprestava mistério suficiente para fazer que uma moça tivesse pensamentos impuros sobre o corpo dele. Então por que ela estava se sentindo tão agitada? Ele estava usando o mesmo moletom cinza medonho do exército do dia anterior, com mangas puídas e gola rasgada — e parecia ter se arrastado para fora da cama. Estava todo desalinhado e definitivamente precisava fazer a barba.

— Você está aqui — conseguiu dizer.

— Eu disse que estaria.

Lily tinha um metro e setenta de altura e notou que ele era apenas alguns centímetros mais alto — talvez um e setenta e cinco. O que lhe faltava em altura, sobrava em pura e absoluta gostosura. Tanta gostosura que ela sentiu um calor no estômago e o pulso acelerar. Segurou a porta aberta para ele e ficou ainda mais chocada ao imaginar como ele ficaria depois de arrancar aquele moletom terrivelmente amarfanhado e com o pulso algemado a alguma coisa.

— Entre, eu vou chamá-lo.

Em vez de entrar, ele deu um passo para trás. Lily não podia ver seus olhos, mas ele ficou com o pescoço e o rosto corados, como se tivesse lido seus pensamentos.

— Diga a ele que eu estarei na entrada de carros, me aquecendo — ele disse, virando-se para sair.

Não havia dúvida de que os pensamentos inadequados dela estavam escritos em seu rosto e o assustaram. Ela também ficou assustada.

— Pippen — ela chamou por cima do ombro. — O policial Matthews está aqui para você.

Ele parou alguns passos depois e olhou para ela.

— Você pode me chamar de Tucker.

Não. Não, ela não podia. Ele provavelmente tinha no máximo vinte e cinco anos, e ela o estava imaginando sem camisa e algemado a uma cabeceira. Isso fez com que ela se sentisse um pouco tarada. Ainda que, para ser justa consigo mesma, ela nunca houvesse recebido um cara tão bonito em sua varanda antes. Nem quando ela tinha vinte e cinco anos. Nem o cretino com que havia se casado, Ronnie. E embora detestasse admitir isso agora, Ronnie era bem interessante.

— Estou indo! — Pippen gritou ao passar correndo pela mãe, enfiando os braços no casaco.

Lily fechou a porta atrás de si e se encostou contra ela. Aquilo havia sido esquisito e constrangedor. Ontem não havia tido problema algum. Ela o havia visto e reparado que ele parecia muito mais com um policial de mentira de um editorial *sexy* de revista feminina do que com um policial verdadeiro. Havia reparado que ele era bonito, pensara nele sem roupa e conseguira falar como uma mulher inteligente. Pelo menos hoje não estava com rolos no cabelo e o rosto maquiado pela metade.

Estava com os cabelos presos num rabo de cavalo e usando um blusão de tricô branco, jeans e um cinto marrom trançado na altura dos quadris. Se soubesse que uma visita iria aparecer na porta de casa, teria arrumado os cabelos e passado um batom.

Afastou-se da porta e atravessou a sala até o sofá. Espalhados sobre a mesa de centro de carvalho e em cima do sofá vermelho estavam, saquinhos verdes-azulados com o logotipo do spa de Lily impresso em branco no centro. Em cima das almofadas, vários rolos de celofane verde-azulado e branco e sacolas de amostras grátis de produtos de beleza. Pôs os rolos para o lado e se sentou.

Tucker Matthews não era uma visita. Era o vizinho do lado que estava jogando basquete com Pippen à tarde para que pudesse dormir de manhã. Ele havia dado a palavra a Pip e cumprido, o que já era mais do que podia dizer sobre o pai de seu filho, que não prestava atenção a coisas triviais como ordens judiciais, visitas e manter a palavra. Ela funcionava no tempo de Ronnie, que normalmente dependia da última vadia com quem ele houvesse ficado.

No dia anterior, quando Lily saiu de casa e viu um estranho jogando basquete na entrada de carros com o filho, ficou um pouco apavorada. Hoje não estava certa sobre como se sentia a respeito. Pip queria um pai, desesperadamente. Ele adorava qualquer atenção masculina e ficaria arrasado quando o policial, cansado de jogar, pegasse a bola e voltasse para casa para sempre.

Lily saiu do sofá e foi até sua brilhante cozinha branca com armários amarelos. Trataria disso quando acontecesse. Deus sabe que Pippen precisava de um pouco de testosterona por perto, ainda que por algumas horas. Ele passava a maior parte do tempo com ela e a avó. Às vezes, passava algum tempo com Jack, marido de sua irmã, Daisy, e o filho deles, Nathan, quando ele vinha da faculdade. Daisy e Jack tinham, ainda, uma filha de seis anos e outra a caminho.

Lily foi até a pia da cozinha e se inclinou para a frente o máximo que pôde. Tirou da frente um vasinho de bambu, um saleiro e um dos lados da cortina com estampa de margaridas. Tudo o que conseguia ver era uma faixa da entrada de carros com a cesta de basquete. A bola bateu na tabela e voltou.

Pôde ouvir claramente o quicar constante da bola e então um arremesso perfeito. Obviamente, o arremesso não era do filho, que ainda não havia se desenvolvido completamente.

Seu celular tocou em cima do balcão, e ela olhou para o aparelho. Ronnie. Ótimo. Provavelmente estava ligando para dizer que não poderia pegar Pippen no fim de semana seguinte.

— É melhor você não estar ligando só para me irritar — disse ela, ao atender.

— Ha-ha-ha — ele riu daquele jeito idiota que ela costumava achar tão bacana, mas que agora a irritava profundamente. — Eu preciso falar com o Pip.

— Se você vai dar para trás no fim de semana que vem, não precisa.

— Eu não vou dar para trás. Eu pensei que talvez ele quisesse ir ver meus pais em Odessa, só isso.

Pip não via os avós fazia pelo menos um ano.

— É sério?

— É.

Ronnie era um caloteiro. Não havia dúvidas quanto a isso. Mas Pippen achava que o sol nascia e se punha na bunda daquele cretino. Ela podia fazer malabarismo de ponta-cabeça para deixar Pippen feliz, e tudo o que o pai precisava fazer era parar sua caminhonete imensa na frente da casa para Pip ficar nos céus.

— Tenho certeza de que ele vai gostar — ela disse, indo na direção da porta da garagem e acionando um interruptor na parede. — É melhor você não dar para trás.

— Eu não vou dar para trás.

— Foi o que você disse da última vez que deu para trás. — A porta abriu, e ela se abaixou e caminhou até a entrada de carros. O filho e o policial estavam parados atrás de uma linha de tiro livre imaginária. — Se der para trás, vai ser a última vez, Ronnie.

— Ele é meu filho.

— É. Talvez você devesse se lembrar disso em termos um pouco mais consistentes. — Lily sentiu o ar frio no rosto e no pescoço enquanto os saltos de suas botas faziam barulho no concreto. — Pip. É o seu pai no telefone. — Passou o celular ao filho e viu o rostinho dele se iluminar.

— O Tucker está ganhando — disse Pippen, feliz como um pinto no lixo ao pegar o telefone da mão dela. — Mais uma cesta, e eu dancei.

Ela olhou para o homem parado no meio da entrada para carros batendo a bola lentamente. A luz do sol refletia nas lentes dos óculos dele e cintilava em seus fartos cabelos castanhos.

— Pode deixar comigo — ela disse ao filho e ficou parada na frente do policial.

— O que você está fazendo?

— Garantindo que você não faça uma cesta enquanto Pip está no telefone. — Ela levantou os braços acima da cabeça para reforçar a ideia.

— Nós estamos jogando melhor de sete.

Ela tinha uma vaga lembrança disso dos tempos de escola. Tinha algo a ver com fazer cinco cestas primeiro para ganhar. Ela nunca havia jogado. Como menina texana, ela jogava vôlei. E havia sido uma atacante e tanto.

— Não tem homem a homem em melhor de sete.

Ela abaixou os braços.

— O quê?

Ele repetiu o que havia dito, dessa vez muito lentamente.

— Não... tem... homem... a... homem... em... melhor... de... sete.

Ela ainda não tinha muita certeza do que aquilo queria dizer.

— Você está sendo condescendente?

Ele quicou a bola e se aproximou alguns centímetros. Ficou perto o bastante para que ela tivesse de levantar a cabeça para olhar para cima. Perto o bastante para que pudesse sentir o cheiro de suor e de ar puro do Texas.

— Não. Você me disse que eu falo rápido.

— Eu disse? — Ela engoliu seco e sentiu uma súbita vontade de dar um passo para trás. Voltar a uma distância mais segura. — Quando?

— Na noite em que parei você.

Ela não se lembrava de ter dito isso, mas era verdade.

— De onde você é?

— Originalmente, de Detroit.

— Está bem longe de casa.

— Nos últimos onze anos, morei em Fort Bliss, depois em El Paso e Houston.

— No exército?

— Primeiro sargento, segundo batalhão, terceira artilharia de campo.

Ele era do exército e agora estava na polícia?

— Quanto tempo ficou no exército?

— Dez anos. — Ele quicou a bola lentamente. — Se quiser jogar um homem a homem, podemos fazer isso.

Dez anos? Ele devia ser mais velho do que aparentava.

— Ou um homem a mulher. — Uma das sobrancelhas se levantou, e a voz dele ficou mais baixa e rouca. — Quer jogar um pouco de homem a mulher, Lily?

Ela piscou. Não sabia ao certo o que ele queria dizer. Ele estava brincando ou aquela era realmente uma posição, um jogo ou o que fosse no basquete?

— Eu preciso suar? — Ela não gostava de suar usando roupas boas.

— Não é bom se pelo menos um dos dois não sua.

Certo, agora ela tinha quase certeza de que ele não estava falando sobre basquete. Olhou para Pippen, parado na borda da entrada de carros, falando com o pai. Olhou de volta para Tucker, para o próprio reflexo nos óculos dele. Se ela se inclinasse um pouquinho, poderia pôr o rosto no pescoço dele, pouco acima do colarinho rasgado do moletom. Onde a pele dele deveria estar fria, com cheiro de homem quente.

— Você está ficando vermelha.

Nos óculos dele, Lily pôde ver suas bochechas cor-de-rosa. Podia sentir o peito ficando quente. Ele era jovem e atraente, e ela não estava acostumada com homens flertando com ela. Pelo menos não homens que ela não conhecia por quase toda a vida.

— Você está dando em cima de mim?

— Se você precisa perguntar, não sou tão bom quanto imaginava que fosse.

Ele estava dando em cima dela!

— Mas eu sou muito mais velha do que você — ela disparou.

— Oito anos não é tanta coisa.

Oito anos. Ele sabia a idade dela. Sem dúvida, por causa da carteira de motorista. Lily estava tão atrapalhada que não conseguia fazer nem uma conta simples. Ele tinha trinta anos. Ainda era jovem, mas não tão jovem como ela havia imaginado. Não tão jovem a ponto de pensar nele como um policial de mentira numa revista feminina se tornar uma espécie de perversão. Bem, pelo menos não era tanta perversão.

Ao menos não era ilegal.

— O seu rosto está ficando muito vermelho.

— Está frio aqui fora. — Ela virou na direção da casa, mas a mão dele em seu braço a deteve. Ela olhou para os dedos compridos dele, apoiados no antebraço de seu blusão branco. Seu olhar subiu do punho puído da manga pelo braço e o ombro dele, até a barba por fazer no maxilar quadrado. Ele tinha o tipo de boca que devia ser bom sentir na pele.

— O que você está pensando, Lily?

Ela olhou para os óculos espelhados dele.

— Pensamentos puros.

Uma risada forte escapou dos lábios dele.

— Então só um de nós está fazendo isso.

Pela segunda vez em menos de uma hora, o policial Tucker Matthews a deixou estupefata, em silêncio.

— Mamãe! — Pippen chamou enquanto se aproximava dela. — O papai e eu vamos a Odessa no fim de semana que vem, ver a vovó e o vovô!

Lily desviou o olhar do rosto de Tucker.

— Eu sei, querido. — Pegou o celular da mão do filho. — Vamos fazer uma bolsa com muita coisa boa para comer na estrada.

Pippen se virou para o policial.

— É minha vez?

Tucker sacudiu a cabeça.

— Desculpe, garoto. Preciso tomar uma ducha antes de ir para o trabalho. — Um pequeno sorriso curvou seus lábios. — Fiquei suado.

— Eu não fiquei — Pippen disse a ele. — Eu não suo. Sou pequeno demais. A mamãe também não sua.

Tucker ergueu as sobrancelhas acima da armação dourada dos óculos escuros.

— Que pena. Ela devia fazer alguma coisa a respeito disso.

Agora foi a vez de Lily erguer as sobrancelhas e ficar boquiaberta. Ele estava dando em cima dela na frente do filho dela? E ela estava tão fora de forma que nem estava se dando conta?

Tucker riu e olhou para o menino na frente dele.

— Mas eu tenho folga amanhã e terça. Daí poderemos terminar a partida.

— Está bem.

Ele passou a bola de um braço para o outro.

— Até depois, Lily.

De jeito nenhum ela o chamaria de Tucker. Ele podia não ser tão jovem como ela imaginara no começo, mas ainda era jovem, atraente e um paquerador descarado. Era um perigo para uma mãe solteira numa cidade pequena. Um bonitão extremamente perigoso para uma mulher que finalmente conseguira superar sua reputação de louca.

— Policial Matthews.

Tucker esticou os braços para cima e mexeu a cabeça de um lado para outro. Eram 8 da manhã em Amarillo, e ele estava acabando a papelada da noite anterior. Havia feito duas prisões por direção sob efeito de álcool, emitido três multas de trânsito e respondido a um 10-91b em Lovett. O animal barulhento em questão era um Chihuahua gordo chamado Hector. A velha proprietária do cachorro, Velma Patterson, chorou e prometeu manter o mordedor de calcanhares quieto, e Tucker a deixou escapar apenas com uma advertência verbal.

— Foi aquela terrível Nelma Buttersford que ligou, não foi? — Disse a Sra. Patterson, chorando num lenço amarrotado. — Ela odeia o Hector.

— Não sei ao certo quem ligou — ele respondeu.

Tucker se levantou da mesa. Era o que ele gostava no Condado de Potter. Não acontecia muita coisa numa noite de domingo. Não era como Condado de Harris. Ele gostava do ritmo mais lento, que lhe dava tempo de trabalhar direito com a papelada.

Não, não havia acontecido muita coisa e, por ele, assim estava ótimo. Tinha visto muita ação no Iraque e no Afeganistão, e logo depois de entrar para o departamento de polícia, em Houston. Ali, acontecia apenas o suficiente para mantê-lo interessado, mas não tanto que o impedisse de dormir à noite.

Pelo menos não por enquanto. Mas isso aconteceria. Coisas ruins aconteciam às vezes, e ele havia entrado para aquele serviço para lidar com elas. Desde que se conhecia por gente, vinha lidando com coisas ruins. Ele sabia como sobreviver quando as coisas pioravam.

Foi até o vestiário e abriu o armário que tinha seu nome impresso em fita de tecido. Desabotoou a camisa de trabalho bege e marrom e arrancou as etiquetas de nome presas com velcro nos ombros e nas laterais da cintura. O colete à prova de balas pesava um pouco menos de cinco quilos. Nada comparado à armadura que usava nos tempos de exército. Guardou o colete no armário e abotoou novamente a camisa sobre a camiseta preta do uniforme.

— Ei, Matthews — o policial Neal Flegel o chamou quando entrou no vestiário. — Ficou sabendo do 10-32 no Lago Meredith?

Havia escutado a chamada pelo rádio.

— Fiquei. Que tipo de idiota vai para o lago àquela hora da noite?

Flegel abriu o armário e desabotoou a camisa.

— Dois idiotas pescando num bote de alumínio de três metros, sem coletes salva-vidas e uma caixa térmica cheia de cervejas.

Tucker soube pelo rádio que haviam recuperado um corpo perto da margem. Outro policial, Marty Dingus, entrou no vestiário enquanto ele e Neal conversavam como dois velhos camaradas. Irmãos. Tucker havia tido muitos camaradas. Irmãos de armas. Alguns ele odiava, mas teria morrido por eles. Um departamento de polícia não era diferente do exército nesse sentido. Ambos obedeciam a regras tácitas. Ele era o novo cara no Condado de Potter. Já havia estado naquela posição antes e sabia como se virar, se adaptar e se entender em nome do trabalho. Estava ansioso por conhecer os policiais em sua nova casa.

— O que está achando do Condado de Potter? — perguntou Marty. — Não é tão emocionante como o Condado de Harris.

Tucker tirou o casaco de dentro do armário.

— É o que eu gosto daqui. — Já havia estado em lugares "emocionantes" o suficiente para toda a vida.

Neal tirou o colete.

— Você já encontrou um lugar para morar?

Tucker assentiu e fechou o armário.

— Ouvi o seu conselho e comprei uma casa em Lovett. Na Winchester. Não fica muito longe da escola de ensino médio.

— Na Winchester? — Neal franziu a testa. Os dois policiais haviam nascido e crescido em Lovett e ainda moravam lá com as famílias. — A gente conhece alguém que mora na Winchester? — perguntou a Marty.

— Hoje? — Marty encolheu os ombros e sacudiu a cabeça. — Quando estávamos na escola, os Larkin... os Cutter e as meninas Brook.

— É por isso que não me pareceu estranho. — Neal guardou o colete dentro do armário. — Lily Darlington mora na Winchester. Ela comprou a casa ao lado da mãe.

Marty riu.

— A Lily Maluca?

— Alguns dos meus primeiros sonhos eróticos envolviam a Lily Maluca. — Os dois homens deram risada, e Tucker até teria achado graça se ele próprio não tivesse tido um sonho erótico com Lily Darlington.

— Ela é minha vizinha. — Tucker vestiu o casaco. — Por que vocês a chamam de maluca? — Ela não havia feito nada de maluco perto dele. Na realidade, ela que o havia deixado maluco com aquele blusão branco do dia anterior. Bastou olhar para os peitos dela naquele blusão para sentir o sangue descer da cabeça para o meio das pernas.

— Acho que ela não é mais maluca hoje em dia — Neal disse. — Não como no tempo em que costumava dançar em cima das mesas.

Lily dançava em cima das mesas?

— Profissionalmente?

— Não. Nas festas da escola — Marty riu. — Aquelas pernas compridas em shorts mínimos eram uma visão e tanto.

Jesus.

— Ela não é mais assim — Neal a defendeu. — Acho que a concussão que teve ao enfiar o carro na sala da casa do Ronnie, em 2004, a fez tomar juízo.

Jesus, Maria e José.

— Quem é Ronnie?

— O ex dela.

— E ela enfiou o carro na sala dele? De propósito?

— Ela sempre disse que o pé dela escorregou por causa de uma enxaqueca — Neal respondeu. Os dois deram risada, e Neal continuou: — Ela nunca foi acusada de nada, mas todo mundo sabe que a Maluca Lily Darlington enfiou o carro naquela casa de propósito. Ela chegou perto de ser acusada de 5150. — Neal encolheu os ombros. — Mas como ela já havia precisado ficar no hospital por alguns dias, isso não fez sentido.

5150? Tucker havia pegado um 5150 no ano anterior, no sul de Houston. Uma mulher esquizofrênica havia se trancado no quarto durante três dias comendo o colchão da cama.

— Ainda bem que Ronnie havia saído de casa com a namorada da época — Marty acrescentou.

Pelo amor de Deus. Ele estava tendo sonhos eróticos e sentindo desejo por uma maluca. Uma mulher que possivelmente havia tentado matar o ex entrando com o carro na casa dele e quase havia sido presa num 5150. Essa informação deveria bastar para fazer suas bolas murcharem, mas não foi o que aconteceu. Tucker pensou nela e em Pippen e em sua ferocidade. Pensou nas mãos dela em seu peito e nas próprias mãos acariciando as penas dela, e não soube dizer quem era mais maluco. Ele ou a Maluca Lily Darlington.

Quatro

Lily estacionou o Jeep na garagem e deixou a porta aberta. Havia deixado Pippen na escola e ido até o Albertson's para fazer compras. Tinha muita coisa a fazer antes de Pippen voltar da escola.

Saiu do carro e foi até a calçada. Pippen havia ficado muito empolgado depois de conversar com Ronnie no dia anterior. A ideia de ir a Odessa com o pai o manteve agitado todo o dia e toda a noite, e ele teve dificuldade para cair no sono.

Puxou a alça do grande latão de lixo bege que estava na calçada para levá-lo para dentro. O plástico frio gelou a palma da sua mão, e ela ergueu o olhar ao ver o Tundra prata de Tucker chegar à casa ao lado. Respondeu rapidamente ao aceno dele enquanto enfiava o latão na garagem. Pippen havia falado sem parar sobre Tucker também. Tucker iria ensiná-lo a enterrar, a fazer tiro livre e a driblar. O que quer que isso quisesse dizer.

Encostou o latão de lixo na parede, foi até o Jeep e abriu a porta traseira. Havia escutado Pip até não conseguir mais suportar. Abriu os braços e disse:

— O que eu sou? Um pedaço de madeira cheio de aranhas?

Pip revirou os olhos.

— Você é só a minha mãe.

É, só a mãe dele, e ele achava que o sol nascia e se punha na bunda caloteira de Ronnie. Lily pegou as alças de duas sacolas do mercado e ouviu o barulho das botas de Tucker pouco antes de a sombra dele aparecer na entrada da garagem.

— Deixe comigo — disse ele.

Ela olhou para ele quando ele parou ao seu lado vestindo o casaco marrom e a calça medonha. Então, apoiou o queixo no ombro e olhou para trás. Tucker jogar basquete na entrada de sua casa com Pippen era uma coisa — mas, carregar suas compras para dentro, era outra. Ela era uma mãe solteira numa cidade pequena que jamais se esqueceria de seu passado louco. Nenhum dos vizinhos parecia estar em casa.

— Você pode pegar as outras — disse ela, indo para a porta dos fundos. — Obrigada.

— Por nada. — Ele pegou as quatro sacolas restantes e fechou o porta-malas do Jeep.

— O Pip disse que você vai ensiná-lo a enterrar. — Ela apertou um botão grande ao lado do último degrau, e a porta da garagem se fechou.

— Vou tentar. — Ele a seguiu até a cozinha e deixou as sacolas em cima do balcão, ao lado dela. — Primeiro, ele precisa melhorar o drible.

Lily desabotoou o casaco estilo militar azul-marinho e o pendurou num gancho ao lado da porta. Naquela manhã, estava vestindo a calça de yoga cor-de-rosa, um top branco e uma camiseta de lycra. Mais tarde, pretendia estender o colchonete, pôr o DVD do Rodney Yee e fazer alguns ásanas na sala. Olhou para o perfil de Tucker. Para o queixo, a boca e os ombros largos. Além do cunhado e do sobrinho, Pippen era o único membro do sexo masculino a entrar em sua casa. Parecia estranho ter Tucker ali.

— Obrigada mais uma vez.

— Agradeça com um café. — Ele se virou para encará-la e levou a mão ao zíper do casaco marrom-escuro. Seus dedos compridos puxaram a lingueta para baixo. Um centímetro por vez, lentamente, olhando languidamente para o corpo dela de cima a baixo, examinando-a sem disfarçar.

Ela deveria dizer alguma coisa inteligente e bem-humorada ou indignada, mas, como sempre acontecia quando estava perto dele, ela não conseguia pensar. Estava claro que a testosterona dele estava prejudicando o equilíbrio daquela casa. Estava prejudicando o equilíbrio dela.

— Você não vai perder o sono com a cafeína?

Ele ergueu o olhar para o rosto dela, fazendo uma pausa muito breve nos lábios antes de olhar em seus olhos.

— Eu tenho folga hoje e amanhã.

A energia dele provocou um aperto no estômago de Lily. Um aperto ardente e perigoso que ela não se permitia sentir havia muito tempo. Foi até a cafeteira e encheu o filtro com café italiano. Com Tucker, não era questão de permitir. Era mais como um bombardeio.

— Também estou de folga hoje. E tenho um milhão de coisas para fazer antes do evento de domingo no spa. — Não era necessariamente uma dica para ele sair. Ainda não. Em mais alguns minutos, ela o mandaria embora. Houve uma época em que ela gostava de brincar com fogo, mas agora era a mãe respeitável de um menino de dez anos. Não era apenas ela.

— Você trabalha num spa?

Uma xícara, e ela o mandaria embora. Lily olhou por cima do ombro e o viu indo até a mesinha da cozinha e pendurando o casaco nas costas de uma cadeira. Como duas setas finas, duas pregas percorriam as costas dele dos ombros até a cintura, apontando para o belo bumbum redondo naquela calça horrorosa.

— Eu tenho um spa em Amarillo. — Voltou a atenção para a cafeteira, encheu o bule de água e a verteu na máquina. Não era qualquer um que podia fazer aquelas calças caírem bem. Ligou a cafeteira e se virou para ele.

— Lily Belle Salão e Spa. — Ele pegou um convite verde--azulado e branco de uma pequena pilha em cima da mesa. — Vou fazer um grande evento no sábado. Você deveria ir e fazer uma hidratação facial — ela brincou.

— Acho que nem sei o que é isso. — Ele pôs o convite de volta na mesa. — Belle é seu nome do meio?

— É. A minha mãe batizou a mim e à minha irmã com nomes de flores.

— É bonito.

Atrás de Lily, a cafeteira começou a funcionar, enchendo o ar com vapor perfumado de café. À sua frente, Tucker atravessou a cozinha. As pregas da camisa do uniforme iam das dragonas marrons-escuros, nos ombros largos dele, para baixo da estrela dourada, com uma barra com seu nome e os bolsos no peito. O olhar dela acompanhou as linhas até a barriga durinha e além. — Onde está o seu — ela apontou o a cintura dele — negócio de policial?

— Meu cinturão de serviço?

— É. — Ela olhou novamente para os olhos castanhos dele. — As armas e as algemas.

— Guardadas na caminhonete. — O olhar dele se prendeu ao dela, e ele nem se deu ao trabalho de disfarçar o interesse em seus olhos. Era um olhar quente e intenso, que aumentou o aperto no estômago, que se espalhou por todo o corpo. — Há quanto tempo você tem o próprio spa?

— Há três anos. — Ela se virou para a esquerda e desviou do olhar dele. Desviou do caos que ele estava provocando e abriu o armário. Pegou duas canecas da coleção de modelos aleatórios.

— Quer creme ou açúcar? — Uma xícara. Só uma xícara. Ela se virou e quase bateu no peito dele com a caneca cor-de--rosa cintilante.

— Os dois. — Ele pegou as canecas das mãos de Lily e as pôs em cima do balcão, ao lado do quadril dela. — Mas não no café. — Segurou as mãos dela nas suas e as colocou em seu peito. — Me toque — disse, com a voz num rugido corajoso sob as mãos dela.

Lily levou o olhar das mãos dos dois para os olhos dele. De repente, não conseguia engolir ou respirar. Ele era perigoso, e ela tirou as mãos de debaixo das dele. Sentiu o ar frio nas palmas quentes e cerrou os punhos.

— Por favor, Lily. — O desejo silencioso na voz dele sussurrou para o desejo adormecido na alma dela. Ele abaixou o rosto, e ela ficou sem ar.

— O que você está fazendo? — ela murmurou, quando a boca quente dele deslizou por seu maxilar. — Acho que não é uma boa ideia.

— Então não ache nada. — O hálito quente dele se espalhou por sua pele. — Eu sei que não penso direito quando estou perto de você.

Ele a beijou logo abaixo da orelha.

— Não diga isso.

— Por quê?

— Você não me conhece.

— Vamos mudar essa situação. — Tucker abriu a boca sobre a pele sensível de Lily. — Perto de você, eu não consigo fazer mais nada além de ficar duro.

— Cedo demais. Que baixo. — A cabeça dela caiu para o lado.

— É a verdade. Quer que eu minta?

Rápido demais. Não. Ela às vezes gostava de coisas baixas, mas sabia que não devia. Sabia que não devia deixá-lo beijar seu pescoço. Devia fazê-lo parar, mas não conseguia.

— Ponha suas mãos em mim — ele disse contra o pescoço dela, e ela abriu o punho e deslizou as mãos por seu peito até os ombros. Com o toque no pescoço nu, Tucker sentiu um arrepio lhe percorrer a espinha. — Que gostoso. — A boca dele passou pelo rosto dela até os lábios.

Aquilo estava acontecendo? Ela ia mesmo deixar aquilo acontecer? Bem ali, na cozinha da casa dela? Onde ela preparava o café da manhã do filho? Uma das mãos dele foi até a nuca de Lily e puxou sua cabeça para trás com dedos fortes, atraindo sua boca com a promessa de um beijo. Ela sentiu um tremor quente na espinha, e ele levantou a cabeça. Os lábios dele a provocavam, e ela se apoiou nas pontas dos pés e foi atrás de sua boca.

Evidentemente, ela iria deixar aquilo acontecer. Bem ali na cozinha em que preparava panquecas e torradas. Sob uma leve pressão dos lábios dele, a boca de Lily se abriu, deixando que a língua dele entrasse. Quente, líquida e livre, uma fita de fogo tomou conta da sua garganta e do peito, chegando à boca do estômago.

Ele encaixou a mão livre na curva da cintura dela e a puxou a seu encontro. Os seios de Lily roçaram seu peito, e o beijo ficou mais profundo. A língua dele tocou a dela enquanto as bocas faziam uma sucção quente que dava uma sensação deliciosa — a fita de fogo no estômago dela tomou conta de suas coxas e enrijeceu os mamilos contra a camisa dele.

Um gemido profundo fez o peito dele vibrar nos seios dela. Ele apertou mais a cintura dela, relaxou, flexionou o braço e desceu até seu traseiro. O prazer a fez corar, e ela abriu mais a boca, beijando-o com mais intensidade. Lily passou as mãos pelos ombros, peito e pescoço dele. Ele tirou os dedos dos cabelos dela e deslizou a palma da mão pela lateral do pescoço até o ombro dela. Mergulhando a língua em sua boca, passou a mão para as costelas de Lily. Passou o polegar pelo tecido da blusa e na lateral do seio. Para frente e para trás, deixando-a louca por seu toque. Seus seios enrijeceram, enquanto outras partes de seu corpo se liquefaziam de desejo. Ela se entregou ainda mais. Contra a pélvis, sentiu a dureza da ereção dele e se remexeu contra ela, adorando a sensação. O tamanho, o peso e o comprimento.

As mãos dele deslizaram para suas costas, roçando os dedos na pele nua acima da blusa. Aquilo precisava parar, mas ela não queria que parasse. Não agora. Agora queria mais. Aquilo era maluco. Ela era maluca. Maluca como todos diziam que era. A Lily Maluca com tesão pelo vizinho, e ela não parecia se importar com isso. Ele havia provocado algo que ela não sentia havia muito tempo. Um tesão maluco e intenso.

Tucker deu um passo para trás e a agarrou pelos ombros. As mãos dela desceram pela camisa dele, sentindo a estrela fria na palma da mão e a respiração dele, pesada, áspera, levantando o peito.

— Lily. Eu quero mais.

Ótimo. Ela também queria mais. Deu um passo na direção dele, mas ele a segurou com mais força, mantendo-a à distância. Ela não entendeu. Se ele queria mais, por que a estava afastando?

— Eu também — ela respondeu, embora achasse que fosse óbvio.

— Eu quero você. — Ele abaixou a cabeça e olhou profundamente para ela. — Toda você.

Lily levou uma mão à boca e tocou nos próprios lábios, úmidos e formigando. Ele estava falando de alguma posição sexual estranha? Se sim, talvez ela concordasse. Provavelmente concordaria com qualquer coisa. Provavelmente era algo que já havia feito. Várias vezes. Mas ele era jovem, e ela tinha oito anos a mais de experiência.

— O que exatamente você quer?

No entanto, havia uma parte dela que sempre permaneceria território virgem. Ela não julgava mulheres que faziam isso. Só não era uma delas.

— Quando eu vi você hoje, soube que queria cada parte sua. Que quero conhecer você inteira.

Ela largou as mãos ao lado do corpo.

— Você já disse isso. — Ela realmente não queria ter de dizer aquilo, mas... era melhor ir direto ao ponto, porque mulheres de respeito não aceitavam atrás. — O meu traseiro não é pista de aterrissagem.

As sobrancelhas dele se uniram sobre os olhos castanhos, subitamente atentos.

— O quê?

— Eu só achei que você deveria saber.

— Obrigado por esclarecer. — Ele franziu a testa e deu mais um passo para trás. — Meu Deus, Lily. Você achou que eu quisesse sexo anal?

Ela sacudiu a cabeça, ainda mais confusa do que antes. Ele a confundia bastante. Levou as mãos à cabeça e bufou.

— Isso não é apenas perturbador, como ofensivo.

— Eu sou perturbadora? — Ela pôs uma mão aberta sobre o peito dele. — Você disse que queria conhecer cada parte minha. Essa parte minha é inacessível.

— Eu não estava falando da sua bunda, pelo amor de Deus. — Ele levantou uma mão espalmada. — Eu estava falando de você. Da sua vida. O seu coração e a sua alma.

O coração e a alma?

— Eu quero mais do que sexo.

Ela se virou e pegou as canecas para ter o que fazer com as mãos. O que ele poderia querer? Mais do que sexo? Todos os homens queriam sexo. O coração e a alma dela? Pegou o bule de café e serviu. O que aquilo queria dizer?

— Eu já tive relacionamentos que se resumiam a sexo. Eu não quero mais isso. Não quero isso com você.

— Relacionamento? — O café derramou pela lateral da caneca com os dizeres *Tudo é maior no Texas*, e ela se virou para encará-lo.

— Afastá-la foi uma das coisas mais difíceis que já fiz na vida. — Ele esfregou o rosto com as mãos e soltou os braços.

— Eu ainda não acredito que fiz isso, mas não quero começar as coisas assim.

— Começar? Nós não vamos começar nada. Não podemos ter um relacionamento.

— Por quê?

— Porque não.

— Isso não é um motivo.

— Está bem. — Ela levantou uma mão na direção dele. — Você tem trinta anos, e eu, trinta e oito.

— E daí?

— E daí que eu tenho um filho pequeno. — Lily abaixou a mão. — Não posso simplesmente... não posso simplesmente andar por aí... com você.

— Porque eu tenho trinta anos?

Ela já havia superado tantas coisas.

— As pessoas vão comentar.

E era bom entrar num lugar sem ouvir cochichos pelas costas.

— E daí?

Se ele podia dizer isso, era porque nunca ninguém havia falado mal dele.

— Vão dizer que eu sou uma loba, e que você deve querer alguém para cuidar de você.

— Bobagem. — Ele atravessou a cozinha e pegou o casaco nas costas da cadeira. — Você não tem idade suficiente para ser uma loba. — Enfiou os braços nas mangas. — Eu tenho a minha própria casa, meu carro e meu dinheiro. Não preciso de uma mulher para cuidar de mim. Posso cuidar de mim mesmo e de qualquer outra pessoa na minha vida. — Atravessou a cozinha até a porta, mas fez uma pausa longa o suficiente para dizer: — Eu tentei fazer a coisa certa hoje, mas da próxima vez que eu puser as mãos em você, nós não vamos parar.

Ela o ouviu passar pela sala e abrir a porta da frente. Então...

— Olá, sra. Brooks.

Droga! A mãe dela.

— Policial Matthews? — Lily levou a mão à garganta, boquiaberta: "Por favor, Deus, faça a mamãe entrar em casa sem parar para tagarelar."

— Como vai a sua gata?

Obviamente Deus não estava ouvindo Lily Darlington. Provavelmente a estava punindo por ter posto as mãos no jovem vizinho.

— A Pinky está muito bem. Obrigado por perguntar.

— A Marylyle Jeffers tinha uma gata preta como a sua. Ela tinha diabetes, e precisaram amputar um pé dela. — Não era de se admirar que Lily agisse de modo meio imprudente às vezes. A mãe era praticamente doida. — A perna também.

— Ah, eu sinto muito.

— Daí ela pegou pleurisia e morreu. Não estou dizendo que foi por causa da gata, mas Marylyle tinha muito azar. Mesmo antes, ela teve...

— Mamãe, você está deixando a calefação escapar— Lily interrompeu, enfiando a cabeça pela porta da cozinha. Como não podia olhar para Tucker, olhou fixamente para os cabelos grisalhos da mãe. Tinha certeza de que estava completamente vermelha, e não sabia o que era mais constrangedor: o que ela estivera fazendo com Tucker ou a tagarelice sem sentido da mãe. — Obrigada mais uma vez por me ajudar com as compras, policial Matthews.

— De nada. Vejo vocês por aí.

Louella Brooks ficou olhando fixamente para a porta fechada, e então se voltou para a filha mais nova.

— Bem.

Essa única palavra saiu carregada de uma riqueza de significados. Lily voltou para a cozinha, olhou para as duas canecas de café e levou a que dizia *Tudo é maior no Texas* à boca. Conseguiu virar metade. O líquido quente estava queimando sua língua e sua garganta quando a mãe entrou.

— Ele certamente é um rapaz bonito.

Lily engoliu seco com as mucosas escaldadas. Pegou a caneca cor-de-rosa e a virou ligeiramente com um sorriso no rosto.

— E gentil. Ele me ajudou a carregar as compras.

A mãe fechou o rosto enrugado numa careta.

— Você é uma mulher solteira, Lily. Precisa tomar cuidado com quem deixa entrar na sua casa.

— Ele é um policial. O que você acha que ele vai fazer? Me matar? — Me tocar? Me beijar? Me deixar tão maluca como todos dizem que sou?

— Eu não estava falando da sua segurança física.

Lily sabia disso.

— Ele só trouxe as minhas compras e tomou meia xícara de café. — Com a mão livre, apontou para a caneca em cima do balcão. — E foi embora. — E graças a Deus por isso também. Se ele não tivesse parado quando parou, sua mãe teria entrado em casa com a chave reserva. A simples ideia da mãe a flagrando com Tucker era horrível demais para cogitar.

— Moças solteiras podem não ser cuidadosas demais quando se trata de reputação. Outro dia, o rapaz da TV a cabo passou três horas na casa da Doreen Jaworski. — Ela olhou Lily com uma expressão sagaz. — Manutenção de TV a cabo nenhuma leva três horas.

— Mãe, a Doreen tem mais de setenta anos.

— Exatamente. Ela sempre foi rápida. Claro que isso foi antes de ela se casar com Lynn Jaworski... o que serve para provar que a memória das pessoas é mais duradoura do que se imagina.

Lily fechou os olhos e assoprou o café.

— A filha dela, a Dorlynn, não ficou muito longe. Ela...

Lily não se deu ao trabalho de interromper a mãe. Louella ia falar até ficar sem palavras, o que podia levar um tempo. Desde que se aposentara da lanchonete Wild Coyote, a tagarelice havia piorado. Não havia nada a fazer, além de bloquear a voz da mãe e se retirar para dentro da própria mente. Infelizmente, sua cabeça estava repleta de Tucker. Ele havia dito que queria um relacionamento, mas nem a conhecia. Não sabia do passado dela e do que todos diziam a seu respeito. Pelo menos não ainda. Sem dúvida mudaria de ideia depois de ficar sabendo do incidente com Ronnie, em 2004.

Lily tomou um gole de café e se encolheu quando ele tocou na língua escaldada. Mas seu passado não era o principal motivo pelo qual qualquer tipo de relacionamento era impossível. Ela estava ocupada. Não tinha tempo. Não podia se envolver com ele.

Ele tinha trinta anos de idade. Aos trinta, ela nem sabia o que queria.

Ele podia não ter problemas em relação à diferença de idade, mas ela tinha. As pessoas a chamariam de loba. Aquela loba maluca da Lily Darlington. Se dissesse respeito apenas a ela, talvez corresse o risco. Poderia dar uma banana para o mundo. Mas não era apenas ela. Ela havia frequentado a escola tendo uma mãe com um parafuso meio solto. Crianças podem ser muito cruéis, e ela não queria fazer isso com o Pip.

Cinco

As luminárias do Salão e Spa Lily Belle cintilavam como ouro nas lantejoulas do vestido de sua proprietária. A peça de mangas longas cobria o corpo de Lily do pescoço à metade das coxas, e poderia ser considerada recatada se não fosse colada às curvas de seu corpo. Um corpo que ela mantinha magro e tonificado com uma vida ocupada, Rodney Yee e os exercícios de pilates que fazia numa das salas do fundo do spa. Ela não era simplesmente uma cabeleireira, era a proprietária e o cartão de visitas do seu negócio, e era importante que transmitisse uma imagem positiva e saudável.

O cabelo loiro de Lily estava preso num coque solto e sexy do lado esquerdo da cabeça. Ela estava de pé no meio do spa, conversando e bebendo a primeira taça de champanhe da noite. A festa estaria oficialmente encerrada em meia hora, e ela mal podia esperar para tirar os cintilantes sapatos dourados de salto. O spa havia distribuído mais de dez mil dólares em produtos e serviços e inscrito vários clientes para pacotes de tratamento. Considerando os gastos com a festa e os brindes, Lily imaginou que estivesse falida, o que para ela estava bom. Sua meta era atrair clientes novos e fazê-los felizes, para que voltassem. A cada novo retorno, clientes satisfeitos normalmente queriam experimentar o mais recente tratamento.

— Preciso ir embora — disse sua irmã, Daisy, se aproximando de Lily. Enfiou os braços na capa de chuva bege e tirou os cabelos loiros da gola. Daisy estava grávida de seis meses, e um vestido de maternidade vermelho abraçava sua barriga. Daisy era mais velha, mas Lily era mais alta. Havia outras pequenas diferenças entre as duas, mas elas eram parecidas o suficiente para serem indiscutivelmente irmãs.

— Eu levo você.

— Não precisa.

— Eu quero. — Lily deixou a taça em cima de uma mesa e cruzou o spa até a porta de entrada. — Fiquei muito feliz que você tenha vindo hoje.

— Mas eu não ganhei nada.

Lily sorriu e abriu a porta.

— Não se preocupe. Eu conheço a dona e dou uma mãozinha.

— Que bom. Porque depois que esta bebê nascer, vou precisar de tinta nos cabelos e botox na testa.

Lily cruzou os braços em frente ao peito e se encolheu com o frio da noite.

— Eu venho tentando convencer a mamãe a aplicar Dysport, mas ela não quer pôr "veneno" no rosto.

Daisy riu.

— Como foi com o Ronnie ontem?

Lily encolheu os ombros enquanto as duas atravessavam o estacionamento. Foram batendo os saltos dos sapatos no asfalto a caminho da nova *van* de Daisy.

— O Ronnie chegou uma hora atrasado, é claro. Mas chegou.

— E nós achamos que isso é um progresso?

Lily sacudiu a cabeça e um brinco de argola dourado lhe roçou o pescoço.

— Nós achamos que é um acaso. Ele é mais burro do que uma porta e admitiu que a última namorada foi embora levando sua TV gigante e seu Xbox. Assim que encontrar uma nova menininha, vai se esquecer do Pippen de novo.

— Ah, meu Deus — Daisy disse, baixando o tom de voz com desprezo. — Ele ainda joga Xbox? Na idade dele? Que idiota.

— Não é? — Lily riu. — Um "*gamer*" de trinta e oito anos. Ele provavelmente fica sentado na frente da TV com uma mão no *joystick* e outra nas bolas.

— Eca.

— É uma vergonha que algum dia eu tenha me casado com ele.

— Bem, pelo menos o Pippen puxou a você. — Uma pausa constrangida se estendeu entre as duas antes de Daisy dizer: — Você enfrentou dificuldades por um tempo, mas venceu tudo aquilo. Olhe só para você agora. — As duas pararam ao lado da *van*, e Daisy abriu a porta do motorista. — Eu tenho muito orgulho de você, Lil.

Lily sentiu o coração amolecendo.

— Obrigada.

— E eu queria saber se você se importa de darmos o seu nome para a bebê.

Sentiu o coração ficar amolecido, e os olhos começaram a arder.

— Tem certeza?

— Absoluta.

— O Jack tem certeza? — considerando o passado dela, talvez fosse algo que o bebê precisasse superar.

— A ideia foi dele, mas, assim que ele sugeriu, eu soube que queria chamá-la de Lily também. Simplesmente nos pareceu legal, mas eu queria ter certeza de que você não estava planejando ter sua própria "Lily" algum dia.

Lily riu.

— Eu nem tenho namorado. — Por algum motivo estranho, o rosto de Tucker surgiu em sua mente. — E não vejo um homem no meu futuro. Acho que não sei escolher direito.

— Aquele cretino não conta. Ele nunca mereceu você, e você merece alguém tão bacana como você, Lily. Alguém que te olhe e saiba a sorte que tem.

Alguém como Jack. Jack olhava para Daisy dessa maneira. Lily abraçou a irmã.

— Você vai me fazer borrar a maquiagem. — Deu um passo para trás e abanou os olhos.

Daisy entrou na *van*.

— Volte para dentro antes que você pegue um resfriado.

— Dirija com cuidado e cuide bem da pequena Lily.

Deu um passo para trás quando Daisy ligou o carro e acenou enquanto a irmã deixava o estacionamento. Cruzou os braços novamente e sorriu ao caminhar na direção da entrada do spa. Pequena Lily. Fazia muitos anos que ela havia desistido de encontrar o homem certo e dar um irmão a Pip. Sempre quis ter uma família feliz e sonhava com dois filhos e um cachorro, mas isso simplesmente não estava no seu destino. Tudo bem. Sua família não era perfeita, mas era feliz.

Quando abriu a porta do salão, estava com um enorme sorriso no rosto. Houve um tempo em que ela e a irmã não eram muito próximas, e agora Daisy ia dar seu nome à filha. Pequena Lily.

Enquanto ela esteve fora com Daisy, os clientes haviam ido embora e restavam apenas alguns funcionários. O som de risadas femininas preenchia a parte da frente do spa conforme o pessoal do bufê começou a recolher os materiais — risadas misturadas com um riso mais grave. Os pés de Lily pararam de repente, e ela viu a parte de trás de uma cabeça morena familiar, ombros largos se estreitando numa cintura bem desenhada e um belo traseiro. Ela não precisava ver um uniforme ou um moletom detonado para reconhecer Tucker Matthews.

— Policial Matthews.

— Olá, Lily. — Ele se virou para ela e seus olhos castanhos a examinaram com um único olhar. — Você disse para eu passar aqui para fazer uma hidratação facial.

Lily olhou para os rostos que estavam olhando para ela: eram os olhares inquiridores da subgerente, de duas maquiadoras e da esteticista.

— O policial Matthews é meu vizinho, e eu falei que ele devia passar aqui para ganhar uma hidratação facial. — Lily se virou para ele.

— Não achei que você fosse aparecer.

— Pois é. Notei que não há muitos homens aqui esta noite.

Algumas mulheres haviam arrastado os maridos ou namorados, mas todos tinham ido embora assim que o prêmio final fora sorteado. Ela olhou para o relógio em cima de uma mesa de manicure.

— A festa vai acabar em quinze minutos. Se queria ganhar uma hidratação facial, você chegou atrasado.

O sorriso dele disse a Lily que ele sabia disso.

— Você podia me mostrar o salão. Caso eu precise — ele olhou ao redor — de um corte de cabelo ou algo assim.

Não, ela não podia. O dono do bufê chamou sua atenção e lhe fez um aceno de cabeça.

— Preciso preencher alguns cheques — ela disse. — Talvez uma das meninas possa lhe mostrar o salão.

— Eu mostro — ofereceu-se a jovem e atrevida Melinda Hartley.

Tucker levantou uma sobrancelha e enrugou a cicatriz da testa.

— Com licença. — Lily atravessou o salão até sua sala. O dono do bufê a acompanhou. Ela se sentou diante de uma mesa coberta de papéis, com uma grande agenda aberta. O computador ficava numa ponta da mesa, atrás da qual havia um imenso espelho rococó que um dia fizera parte da decoração de um bordel em Tascosa. O dono do bufê sentou à sua frente, numa cadeira de veludo vermelho, e então os dois repassaram a conta. Enquanto contavam as garrafas de vinho e champanhe consumidas e calculavam o valor das toalhas de mesa que Lily encomendara de última hora, a mente dela estava em outro lugar do salão. Melinda Hartley tinha mais ou menos vinte e cinco anos. Era bonita e uma excelente colorista. Também era um pouco convencida e extravagante. Se Melinda estava em algum ambiente, não passava despercebida. Assim como todo mundo sabia da vida sexual dela, querendo ou não. Era uma moça liberada, e Lily tivera de falar com ela a respeito de conversas adequadas ao ambiente de trabalho. Se não fosse tão difícil encontrar uma boa colorista no Panhandle doTexas, teria demitido Melinda há meses.

E ela estava lá. No salão. Em algum lugar. Com Tucker. Provavelmente contando a ele sobre sua vida sexual. Tucker era homem. Certamente estava adorando.

Lily escreveu a diferença que devia ao dono do bufê e destacou o cheque da conta empresarial. Deu o cheque a ele por cima da mesa e o viu sair da sala. Melinda estava mais perto da idade de Tucker e não tinha um filho e a bagagem de Lily. Remexeu a papelada em cima da mesa, separando as pesquisas de clientes e os planos de tratamento. Fazia cinco dias que não via Tucker desde aquela manhã em sua cozinha. Ficou sabendo por Pippen que os dois haviam jogado basquete quando Pip chegava da escola e antes de Tucker sair para trabalhar. Quando Lily chegava em casa, Tucker não estava mais, o que era bom. Ele claramente não servia para as boas intenções dela.

— Aquilo não foi nada legal.

Lily olhou para Tucker com o ombro apoiado no batente da porta do escritório. Estava usando um suéter cinza de gola redonda e uma calça Levi's de abotoar. Estava com os braços cruzados diante do peito e parecia chateado — chateado e no ponto para ser mordiscado por todo o corpo.

— O quê?

— Melinda.

Ela se levantou da cadeira e foi para a frente da mesa.

— Você não gostou dela?

Ele encolheu um ombro.

— Não muito. Ela fala alto e muito. — Ele se afastou de onde estava apoiado e fechou a porta. — Ela queria que eu a comesse numa mesa de massagem.

Aquilo foi um pouco grosseiro, e ela chegaria ao vocabulário dele num instante. A impropriedade de fechar a porta também, mas primeiro ela queria saber...

— Ela disse isso?

— Não exatamente. Ela foi muito mais explícita sobre onde ela queria.

— Ah. — Lily passou pela cadeira vermelha e sentou na beirada da mesa. — Ela é capaz de dizer coisas realmente inadequadas e ofensivas. É daquele tipo de gente que não tem filtro, mas eu não sabia que ela era capaz de ir tão longe.

Ele encolheu os ombros.

— Não fiquei ofendido. Passei dez anos no exército. Ouvi coisa pior.

Lily respirou fundo.

— Obrigado por não aceitar o convite dela na sala de massagem.

Ele se aproximou dela.

— Ela não é a mulher que eu quero atirar em cima de uma mesa. — Ele parou na frente dela, que se posicionou de maneira que não precisasse olhar para cima para encará-lo. Apenas algumas lantejoulas separavam o peito dele do dela. — Não é a calcinha dela que eu quero ver nos tornozelos. — Pegou a mão dela e a passou em seu peito.

— Você é a mulher que eu quero em cima de uma mesa com a calcinha nos tornozelos.

— Tucker! Não diga esse tipo de coisa.

— Por que não? — Ele afundou os dedos no coque solto na lateral da cabeça dela. — É a verdade. Eu disse como me sinto em relação a você. Eu quero você. Quero tudo o que tenha a ver com você. Tirar a sua roupa é uma das coisas que quero. — Com os saltos de dez centímetros dela, os dois estavam quase da mesma altura, e ele encostou a testa na testa dela. — Eu sei que você quer isso também.

Depois daquela manhã, ela não podia negar isso, e estava velha demais para fazer joguinhos.

— Alguém pode entrar — o fogo que ele havia atiçado em suas veias alguns dias antes ardia em seu peito. Aquele desejo maluco e intenso que absolutamente não podia se consumar ali.

Ele sacudiu a cabeça, e seus olhos ficaram um pouco mais escuros.

— Todos estavam de casaco e saindo do salão quando eu entrei.

— Alguém pode voltar.

— Eu tranquei a porta.

— Não podemos fazer isso aqui. — Ela tinha a intenção de parecer mais enfática, mas o desejo maluco e intenso estava queimando em sua garganta e incendiou sua resistência pífia.

— Era o que eu achava até você levantar e vir para perto de mim. Você não devia estar usando este vestido.

— Você está culpando o meu vestido? — Mas eles estavam em Amarillo, ela racionalizou. Não em Lovett. Numa cidade do tamanho de Lovett, o fato de ele ter aparecido naquela noite já teria sido telegrafado para metade da cidade. Em Amarillo, ela era apenas mais uma proprietária de salão de beleza, e ninguém dava a mínima.

— Sim. E a roupa justa que você estava usando na segunda-feira. Você não sai da minha cabeça nos últimos cinco dias e a ereção não vai embora, não importa quantas vezes eu me masturbe. Eu não achei que fôssemos fazer isso aqui, mas agora estou achando que devemos.

— E se alguém... — A boca de Tucker na dela silenciou o protesto. Na outra manhã, ele começou mais lentamente, beijando-lhe o pescoço e o rosto. Aproximando-se lentamente. Desta vez, ele a atacou rapidamente, com ardor e prazer. Sua boca devorava a dela, faminta. O gesto a deixou nas pontas dos pés e a jogou contra o peito dele, tão perto que ela podia sentir o coração dele batendo. Passou as mãos por cima dos braços e ombros dele, até a nuca. E, como na outra manhã, um gemido profundo e estremecido vibrou no peito dele, como se o toque dela não fosse o bastante. Lily gostava de saber que provocava aquilo nele. Um homem forte e bonito que não conseguia se fartar de Lily Darlington.

Ela devolveu o beijo, com a língua repleta de desejo. Ele pressionou a ereção em sua pélvis, e ela teve de prender os joelhos para não cair. Ela deslizou pelo peito dele para cima e desceu novamente, sentindo cada músculo firme e todo o comprimento da ereção, cada vez mais dura.

Ele agarrou a barra do vestido de lantejoulas e o levantou até a cintura. Suas mãos encontraram o traseiro de Lily, e ele tocou a renda fina da calcinha fio dental. Tucker acariciou a pele nua e esfregou os botões do seu jeans contra o minúsculo triângulo de renda cobrindo a virilha dela.

Ele levantou o rosto e arfou.

— Lily — ele disse, sem fôlego.

Lily o olhou nos olhos, escuros e sonolentos de desejo, e enfiou a mão embaixo do blusão dele. Arrancou o blusão e o atirou no chão de madeira. Baixou o olhar para os pelos castanhos do peito firme e definido. Por algum motivo, ela imaginou que o peito dele não teria pelos. Mas tinha. Ele era um homem com peito de homem, e uma linha fina de pelos descia por seu abdômen em forma, circundava o umbigo e seguia por baixo da cintura da calça Levi's. No ombro, tinha uma tatuagem de um buldogue rosnando com as palavras "Exército dos EUA" embaixo. Na parte interna do antebraço, tinha a palavra "implacável" em tinta preta, o que o descrevia à perfeição: suas mãos, sua boca e o desejo saíam dele em ondas pesadas e implacáveis.

Ela se abaixou e o beijou no ombro, passou os dedos por seu peito e desceu pela barriga até a frente dos jeans. Apertou sua ereção e o acariciou através do tecido. Um desejo quente e envolvente tomou conta de seus seios e do seu estômago, chegando ao meio das pernas.

— Espere. — Ele a agarrou pelos ombros e a virou de costas para seu peito. Então abriu o zíper das costas do vestido. Pelo velho espelho de bordel, Lily o viu tirar seu vestido pelos ombros. Pouco antes de ele deslizar o tecido por seus braços, ela pôs as mãos sobre as lantejoulas na altura dos seios.

— Eu tenho implantes — disse. Ela não estava de sutiã porque as alças apareceriam sob o vestido justo, e num instante ele veria as pequenas cicatrizes abaixo de cada aréola.

Ele franziu as sobrancelhas, confuso.

— O quê?

— Eu tenho implantes de silicone nos seios. Você tem problemas com isso?

— Isso é uma pegadinha?

Ela sacudiu a cabeça quando ele segurou os pulsos dela.

— Alguns homens não gostam de implantes.

Pelo espelho, ele levou o olhar das mãos para o rosto dela.

— Foi um homem que disse isso para você?

Ela sacudiu a cabeça novamente.

— Algumas mulheres que atendi ao longo dos anos.

— Um homem jamais diria isso, a menos que acreditasse que fosse ajudá-lo a transar. — Tucker empurrou os pulsos dela para o lado. Por um instante, o vestido ficou preso nos mamilos duros, e então deslizou pela barriga até a cintura. — Lily. — Ela sentiu o ar dos pulmões dele soprando em sua cabeça. — Você é linda.

O vestido caiu no chão, e ela o chutou para o lado. Ficou parada na frente do espelho só de calcinha — ser proprietária de um salão e spa facilitava que ela estivesse com a virilha perfeitamente depilada em forma de triângulo sob a renda —, mas, ao olhar para o próprio abdome... ela não tinha barriga, porém seu abdome não era firme e tonificado como ela gostaria que fosse. Examinou a tatuagem de lírio amarelo e cor-de-laranja no quadril, que ela havia achado tão boa ideia seis anos antes.

— Você está mentindo para transar? — Ela tentou virar para olhar para ele, desviando da própria imagem no espelho, mas ele levou as mãos ao abdome dela, e a puxou contra ele. Os pelos do peito dele fizeram cócegas em suas costas nuas. Ela se sentiu completamente envolvida, cercada de uma paixão implacável.

— Eu nunca vou mentir para você, Lily. — Ele segurou um dos seios dela. O mamilo duro tocou a palma quente da mão dele, e Lily ficou sem fôlego. — Você é muito linda, e eu preciso ficar com você.

Ela compreendia aquele sentimento. Ela também precisava ficar com ele. Tinha necessidade absoluta. Então ele deslizou a mão para baixo do pequeno triângulo da calcinha e a tocou onde a necessidade era maior.

— Você está molhada — ele sussurrou em seu ouvido. — Tire a calcinha para mim. Deixe-a ao redor dos tornozelos. — Tucker roçou o polegar no mamilo dela e mais uma vez ela teve de juntar os joelhos para não cair no chão. Lily fez o que ele pediu e olhou para as mãos dele, uma cobrindo seu seio, e outra, na virilha. Ele deslizou os dedos mais profundamente no meio de suas pernas, e ela enfiou a mão dentro da calça dele. Envolveu seu pau quente e grosso e o apertou.

Com a mão livre, puxou a boca dele na direção à dela. Deu um longo beijo molhado e sentiu o coração batendo forte no peito. Adorava a forma como ele a tocava. E o desejava tanto quanto ele a desejava.

Tucker afastou a boca de Lily e olhou no fundo dos olhos azuis semicerrados. Voltou a atenção para o espelho e observou suas mãos no corpo dela... na faixa perfeita entre as pernas e beliscando levemente seus mamilos. A mão dela agarrando seu pau o estava levando quase ao limite. Ela abriu os botões da Levi's dele, e ele tirou uma camisinha do bolso de trás um segundo antes de a calça cair.

— Se agarre na mesa.

Ela tirou um pé da calcinha, então se curvou para a frente e olhou para ele por cima do ombro.

— Você se lembra da terra proibida, certo?

— Eu nunca vou fazer nada que você não se sinta confortável. — Ele não queria machucá-la. Queria que fosse tão bom, que ela quisesse mais. Tirou o pau de dentro da cueca e vestiu a camisinha até a base. — Afaste um pouco os pés para mim.

Ela obedeceu, e ele passou a mão pelo bumbum e no meio das pernas dela. Lily estava molhada e pronta, e ele abriu os lábios escorregadios. Ela arqueou as costas quando ele se posicionou e penetrou no prazer quente de seu corpo. Ela o apertou incrivelmente. Puxando-o mais e mais fundo, até que ele não conseguia afundar mais.

Ela gemeu baixo na garganta e sussurrou o nome dele. Ele olhou para o espelho, para seu corpo nu atrás dela, o lindo rosto dela virado para trás, olhando para ele. "Minha", ele pensou, ao sair e entrar novamente. Ela empurrou o bumbum contra ele, se esticando, querendo mais. E ele deu mais, em longos e fortes empurrões. Ele entrava e saía, entrava e saía, com o coração batendo forte, tum-tum-tum. Minha. Minha. Minha. Acima do rugido na cabeça e nos ouvidos, ele a ouviu dizer seu nome. Dizendo a ele que o queria. Mais. Mais forte.

— Tucker — ela gemeu alto o bastante para ser ouvida no condado vizinho quando ele sentiu a primeira pulsação do orgasmo. "Que bom", ele pensou, num nível primitivo. Tinha certeza de que eram os únicos dois que ainda estavam no salão, mas não se importava. Se houvesse alguém por perto, saberia o que eles estavam fazendo. Saberiam que eles estavam juntos. Que ela pertencia a ele agora. Ele nunca fora um homem possessivo, mas quando o orgasmo dela puxou o dele do fundo da barriga, ele soube: queria que aquilo durasse para sempre.

O prazer mais intenso que ele sentiu na vida reverberou por todo seu corpo e golpeou seu coração. Espalhou fogo pela pele, agarrou suas entranhas e lhe roubou o fôlego. Ele se dobrou para frente e espalmou as mãos na mesa, ao lado das de Lily. Enterrou o rosto em sua nuca e fechou os olhos.

Por mais maluco que pudesse parecer... por mais maluca que fosse a sensação... por mais maluco que fosse — ele havia se apaixonado por ela antes mesmo de entrar no salão um pouco antes. Ele havia se apaixonado naquele primeiro dia, na entrada de carros da casa dela.

— Jesus — ele sussurrou. Ele nunca havia se apaixonado tão rápido e com tanta força, e aquilo o assustava tremendamente. Assustava mais do que os tiros dos talibãs zunindo e atingindo a montanha de granito ao lado de seu ouvido esquerdo. Ele havia sido treinado no exército e sabia o que fazer em combate. Treinado pelo departamento de polícia para capturar um criminoso em fuga. Mas aquilo? Aquilo era um território novo. Não havia treinamento. Não havia como se proteger. Como reagir. Havia apenas Lily e a forma como ela o fazia se sentir.

Seis

Manhã de segunda-feira. Lily parou o Jeep no estacionamento da Escola de Ensino Básico Crockett e virou para o banco de trás.

— A minha última cliente é às quatro. É só corte e penteado, então eu devo estar em casa perto das seis. — Parou a caminhonete perto da calçada e entregou a mochila dos Angry Birds a Pippen. — O que você vai querer para o jantar?

Vestindo o casaco vermelho com o zíper fechado até o queixo, ele respondeu, falando dentro da gola de náilon:

— Pizza.

É claro. Ela se inclinou para ele.

— Me dá um beijinho, querido.

Ele tirou o cinto de segurança.

— À noite — ele respondeu. Havia parado de lhe beijar na chegada à escola no ano anterior, mas uma mãe sempre tinha o direito de tentar. — O Tucker vai jogar basquete comigo hoje?

Ela encolheu os ombros.

— Ele está trabalhando, então, não sei. Não falei com ele.

Não desde que ele saíra da casa dela perto do meio-dia do dia anterior. Apenas meia hora antes de Ronnie deixar Pippen. Quatro horas antes do combinado, o que era absolutamente típico de Ronnie. Ela não havia ficado tão surpresa. Apenas ficou feliz por estar sozinha e já ter tomado uma ducha.

Pippen abriu a porta e saiu do carro.

— Talvez ele vá.

— Talvez. — Ela acenou para o filho. — Eu te amo, Pip.

— Também te amo, mamãe. — Ele fechou a porta, e ela o viu correr até um grupo de amigos reunido perto dos brinquedos do *playground*. Tirou o pé do freio e saiu do estacionamento. Sua primeira cliente seria apenas ao meio-dia. A subgerente certamente era capaz de administrar o salão quando Lily não estava.

Parou num sinal vermelho e pensou na última vez em que estivera no salão, fazendo sexo com Tucker na sua sala. O sexo havia sido tão bom que talvez ela tenha gemido o nome de Tucker um pouco alto demais. Esperava que não, e que todo mundo já tivesse ido embora, como ele havia dito. Quando os dois se vestiram e saíram do escritório, o salão estava vazio.

Graças a Deus.

Depois de saírem do salão, Tucker a seguiu até em casa, e os dois passaram o resto da noite na cama — transando e conversando. Pelo menos ela conversou. Toda vez que perguntava algo a respeito da vida dele, Tucker trazia o assunto de volta para ela ou a beijava, até que ela não quisesse mais conversar.

Parou o Jeep na garagem e fechou a porta. Não podia ficar exatamente irritada com a falta de abertura pessoal dele. Havia coisas de seu próprio passado sobre as quais ela também não iria falar.

O celular tocou dentro da bolsa antes mesmo de ela chegar à porta dos fundos. Imaginou que fosse alguém do salão e respondeu sem olhar para o número que estava chamando.

— Alô, é a Lily.

— Olá, vizinha. Venha aqui para eu poder lhe dar um beijo de boa noite.

— Mamãe?

Tucker riu, e ela pôde ver o sorriso dele mentalmente. Um sorriso que lhe curvava os lábios e iluminava os olhos castanhos.

— Venha aqui ou eu irei aí pegar você.

Isso não poderia acontecer. Sua mãe podia chegar de repente.

— Me dê uns minutos. — Desligou e tirou a roupa de yoga que havia vestido na esperança de se exercitar. Agora tinha um tipo completamente diferente de exercício em mente. Então, vestiu uma camisola de bolinhas cor-de-rosa e azul, calcinha cor-de-rosa e botas de caubói cor-de-rosa. Amarrou a capa de chuva na cintura e conferiu o batom no espelho.

Havia três tábuas faltando na parte de trás da cerca que separava o quintal dela do da casa de Tucker. Griffin, o cão terra-nova do proprietário anterior, sempre preferiu o quintal dela ao dele. E não importava quantas vezes ela arrumasse as tábuas, Griffin as derrubava sempre que ouvia Pippen jogando do lado de fora. Griffin era um cachorro muito doce — imenso, mas muito doce, com verdadeiro carinho por Pip. Depois da quinta vez que Griffin derrubou as tábuas, Lily desistiu e as deixou cuidadosamente empilhadas no chão.

Lily pegou um bule de café a caminho da porta.

Tucker havia dito várias vezes que a queria. Que queria tudo relacionado a ela, mas ele não sabia tudo sobre ela. Ele não conhecia seu passado. Não sabia que as pessoas achavam que ela era maluca. Pelo menos, ela imaginava que, se soubesse, ele teria mencionado logo antes de fugir para as montanhas. Não seria ela que diria a ele.

Atravessou o quintal, passou pela cerca e bateu na porta dos fundos de Tucker.

— Torra italiana? — ela perguntou, mostrando o bule quando ele abriu a porta.

Ele levantou as sobrancelhas, enrugando a cicatriz.

— Como você chegou aqui? — Estava usando uma camiseta básica bege que colava no peito e nos braços como uma segunda pele. E, claro, a calça e as botas de trabalho.

— A cerca está sem algumas tábuas.

Ele segurou a porta aberta e ela entrou.

— Que conveniente.

A cozinha estava muito parecida com o que ela se lembrava da última vez em que estivera ali, quando o corretor de imóveis havia arrumado a casa para uma *open house*. Armários de carvalho, paredes brancas, tampos de balcão novos cinza e piso de vinil imitando pedra. Uma pequena gata preta estava sentada perto da porta que dava para a garagem, bebendo leite de uma tigela com flores nas bordas. As tigelas estavam sobre um tapetinho branco que tinha o nome "Pinky" escrito em cor-de-rosa na parte de baixo.

Lily pôs o bule no balcão e levou a mão ao cinto.

— A minha mãe me disse que você tem uma gata.

— A Pinky saiu, e eu tive de ir atrás dela naquele dia em que conheci a sua mãe — Tucker disse, tirando duas canecas brancas simples de dentro de um armário. — Ela não tem habilidades de sobrevivência.

Lily mordeu o canto da boca para não rir.

— Como você acabou com uma gata sem habilidades de sobrevivência?

— Ela era de uma antiga namorada.

— E ela simplesmente deu a gata para você? — Lily tirou a capa de chuva, que pendurou numa cadeira e se agachou ao lado da gatinha.

— Não exatamente. A namorada foi embora e deixou a gata para trás.

A barra da camisola deslizou nas coxas de Lily enquanto ela acariciava a gata da nuca até o rabo.

— Ela abandonou o próprio animal? — Lily não conseguia imaginar isso. Gostava de gatos, mas não tinha um bicho de estimação porque não ficava em casa tempo suficiente para cuidar. Agora que Griffin não estava mais lá, Pippen estava insistindo para ter um cachorro.

Como Tucker não respondeu à pergunta, ela olhou para ele por cima do ombro. Ele estava parado no meio da sala — segurava duas canecas de café nas mãos, como se seus pés estivessem imobilizados.

— O que foi?

— O que você está vestindo?

Ela se levantou.

— Uma camisola confortável e as minhas botas de caubói.

— E calcinha? — Estendeu a caneca para ela enquanto lhe examinava todo o corpo.

— Nenhuma dama sulista de respeito sai de casa sem estar com os cabelos penteados, a maquiagem feita e de calcinha.

Ela pegou a caneca da mão dele e soprou.

— Esse tipo de comportamento leviano poderia levar a uma má reputação. Eu frequentei a escola com a Francine Holcomb, e ela saiu de casa sem calcinha em mais de uma ocasião. A reputação dela nunca se recuperou. É claro que todo mundo sabia que a Francine era doida de pedra, que Deus a abençoe. — Tomou um gole de café. Estava nervosa e precisava parar antes de começar a falar como a mãe. — Como foi o seu dia?

Ele a olhou nos olhos.

— Está melhor agora.

Pela primeira vez desde que entrara na cozinha, Lily percebeu o toque de cansaço nos cantos dos olhos castanhos dele.

— Você parece cansado. Aconteceu alguma coisa no trabalho?

Ele encolheu um ombro e se apoiou num balcão.

— Eu atendi a um chamado por volta de uma hora da manhã na joalheria Rodale, na Sétima, perto da rodovia. Quando cheguei lá, um cara estava tentando arrombar a porta dos fundos. Ele me viu e saiu correndo. — Tucker tomou um gole de café. — Corri atrás dele por quase um quilômetro até que o apanhei tentando entrar dentro de um latão de lixo atrás da loja de pesca do Rick.

Lily franziu o nariz.

— Você teve de entrar no latão de lixo?

— Eu o agarrei pelo cinto justamente quando ele estava entrando e o puxei para fora. Estava um fedor horrível. Pelo cheiro, parecia que o Rick havia acabado de jogar fora um lote de iscas vencidas. Se eu tivesse de entrar lá e ficar coberto de ovas de peixe e grilos mortos, teria ficado furioso.

Lily não conseguia imaginar como seria correr usando botas e carregando equipamentos pesados. Ela estava em boa forma, mas provavelmente teria desmaiado depois de uns trezentos metros.

— Ele era daqui?

— De Odessa. — Tucker olhou para os arranhões que tinha no dorso da mão. — Ele era brigão para um cara tão magrinho.

Lily se aproximou e segurou a mão dele.

— Como isso aconteceu?

— Ele não queria ser algemado de jeito nenhum, e eu arranhei a mão no asfalto tentando puxar o braço de debaixo dele.

Ela levou a mão dele à boca e a beijou suavemente.

— Melhorou?

— Sim. — Ele olhou nos olhos dela de novo e assentiu. — Ele tentou chutar minhas bolas também.

— Eu não vou beijar as suas bolas peludas, Tucker.

Ele riu como se tivesse achado muita graça.

— Não custava mencionar.

Ela soltou a mão dele e pensou por um instante.

— Bom, quem sabe se você as depilasse com cera.

Ele respirou entre os dentes.

— Homens fazem isso?

— Alguns fazem. — Ele pareceu tão horrorizado que foi a vez de ela dar risada. — Eles depilam o corpo todo com cera.

Ele pôs a caneca em cima do balcão.

— Ninguém vai botar cera quente em lugar algum perto das minhas bolas. — Passou as mãos pelos braços dela e a puxou para perto de si.

— Não seja um bebê chorão. — Ela pôs a caneca no balcão ao lado da dele. — Eu faço depilação com cera.

— Eu percebi. — Ele sorriu. — Eu gosto. Fica muito bom chupar você. Dá para ver o que eu estou fazendo.

Lily arregalou os olhos e sentiu o rosto ficar vermelho.

— Você olhou para a minha... a minha virilha.

— Claro que olhei. Meu rosto estava lá embaixo. Não sei por que você está envergonhada. É muito bonita a sua... — ele fez uma pausa à procura da palavra certa, mas desistiu. — Eu não gosto da palavra virilha. Eu tenho uma virilha. Você é toda certinha, apertadinha e bonita lá embaixo. Como um pêssego suculento. — Ele franziu a testa. — Ou esta é uma daquelas coisas que eu não deveria dizer?

Ela não sabia. Imaginou que fosse um elogio, mas fazia algum tempo desde a última vez que estivera envolvida com alguém. Já nem lembrava se eles falavam tão livremente e com tanta facilidade no começo ou se guardavam o que realmente pensavam para depois — depois de atingirem aquele estágio confortável. Ou era apenas Tucker?

— Você sempre falou assim com as mulheres? — Ou talvez caras da idade de Tucker simplesmente fossem mais diretos.

Ele olhou para o teto e pensou por um instante.

— Não. — Olhou novamente para ela. — Eu costumava ser muito boca suja. Quando estava no exército, falava coisas muito piores. Tive de fazer um esforço muito grande para tirar a palavra "porra" de todas as minhas frases. Eu não conseguia nem pedir *ketchup* sem dizê-la pelo menos duas vezes. No exército, dizer palavrões não é só um estilo de vida, é uma forma de arte. — Ele deslizou as mãos pelos ombros dela até o pescoço e lhe acariciou o queixo e o maxilar com os polegares. — Morar com um bando de marmanjos por meses seguidos dentro de um *bunker*, num posto avançado no Afeganistão, transforma qualquer um em animal. Levamos tiros todos os dias, vivemos no meio da poeira e a comida é uma porcaria. Palavrões criativos são apenas algo que inventamos para passar o tempo e impressionar os outros.

— Você devia gostar do exército. Ficou lá por dez anos.

— Eu adorava. Até o instante em que deixei de gostar.

— O que fez você decidir que não gostava mais? — Lily espalmou as mãos na barriga dele e acariciou o tecido da camiseta. Sabia que ele adorava quando ela passava as mãos em seu corpo. O toque dela parecia tranquilizá-lo e excitá-lo ao mesmo tempo. E ela adorava a sensação dos músculos firmes e da pele lisa do abdome dele em suas mãos e boca.

— A última vez que levei tiros, fui atingido cinco vezes. Quatro foram bloqueados pelas placas balísticas. — Os dedos de Lily pararam, e ela olhou para onde ele apontava, para a cicatriz na testa. — O quinto me acertou aqui, e decidi que não queria morrer daquele jeito. Eu já havia dado o suficiente ao exército. Estava na hora de fazer outra coisa. Quando meu período de alistamento acabou, saí.

Ela olhou fixamente para a testa dele, horrorizada.

— Você podia ter morrido, Tucker. Aposto que a sua família ficou morrendo de preocupação.

— Eu não morri e estou aqui com você. — Ele beijou a boca tensa dela. — Gosto de ter você aqui quando volto do trabalho. Você devia vir todas as manhãs.

Ela se aninhou no peito dele.

— Não posso vir todas as manhãs. Preciso trabalhar.

— A que horas você vai trabalhar hoje?

— Preciso estar lá ao meio-dia.

Ele levantou o relógio grande que tinha no pulso.

— Então por que estamos aqui perdendo tempo? — Pegou a mão dela, levou-a para fora da cozinha e atravessou a sala. Ela observou rapidamente a madeira, o couro e as obras de arte de verdade penduradas nas paredes. Nada de pôsteres de mulheres nuas ou cães jogando pôquer pintados em veludo. Ele tinha uma TV de tela grande e livros. Os dois seguiram pelo corredor, e ela olhou para dentro de um banheiro que parecia surpreendentemente limpo. Não sabia o que esperar, mas não era aquilo. Não aquela casa de adulto, com mobília de gente grande. Simplesmente não combinava com a imagem pré-concebida que ela tinha dele.

— Você joga Xbox?

— Eu tenho trinta anos, e não treze. — Tucker parou ao lado de uma cama que tinha uma cabeceira de verdade. — Estou feliz de mostrar a você que sou um homem de verdade. Ainda que, depois da nossa maratona sexual da outra noite, fico surpreso que isso ainda esteja em questão.

Nas semanas seguintes, Lily escapuliu através da cerca dos fundos muitas outras vezes depois de levar Pippen para a escola. Ela imaginava que havia mulheres que teriam escrúpulos sobre se esconder. Que se sentiriam desconfortáveis ou culpadas ou que achassem estar fazendo algo errado. Lily não era desse tipo. Ela gostava de Tucker. Gostava de passar o tempo como ele. Sentia-se extremamente atraída por ele, e ele a fazia rir. Parecia ter a cabeça no lugar e era bom com o filho dela. Também era muito bom na cama, e ela não queria parar de atravessar a cerca.

Quanto mais tempo ela passava com ele, mas descobria coisas a seu respeito. Como Tucker reciclava madeira velha. Ele fez uma mesa de centro com uma porta e uma cadeira velhas, e o rack de equipamentos de som e TV ele havia conseguido numa casa de rancho demolida perto de Houston. Ela também ficou sabendo que ele corria oito quilômetros na esteira e levantava peso, o que era bom, porque ele gostava de tomar um lauto café da manhã antes de ir para a cama.

Enquanto ele comia, ela tomava café e respondia a perguntas que ele lhe fazia sobre sua vida. Ele, porém, não contava muito sobre a dele. Falava sobre o trabalho, sobre quem havia prendido sob quais acusações, e falava dos jogos de basquete com Pippen enquanto ela estava trabalhando. Falava um pouco sobre os homens que haviam servido com ele no exército e do tempo que passara no Iraque e no Afeganistão. Dizia que saiu muito fechado do exército, mas que não estava mais assim. Para um cara que não se considerava "fechado", ele não aprofundava muito a conversa quanto à própria vida. E quando ela perguntou sobre sua família, ele disse que estavam todos mortos. Caso encerrado. Fim da história.

Por outro lado, ele lhe fazia muitas perguntas sobre sua família e, como ele, Lily não se aprofundava muito. Contou sobre como foi crescer numa cidade tão pequena e que havia se apaixonado pelo Cretino Ronnie Darlington porque ele tinha uma caminhonete e ficava lindo de jeans e camiseta. Falou sobre suas baixas expectativas e a autoestima ainda mais baixa. Falou sobre Ronnie deixá-la com um filho de dois anos e uma conta bancária zerada, mas não mencionou a parte de ter entrado com o carro na casa dele.

Na terceira segunda-feira que os dois tiveram de folga, ela contou a ele sobre a vez em que sua irmã, Daisy, havia tentado dar um chute no saco de Ronnie na frente do Minute Mart. Claro que não mencionou que ela estava numa briga de puxões de cabelo com Kelly, a Vadia, no mesmo momento. Ele que pensasse que Daisy, a responsável, era a irmã maluca.

Os dois passaram as horas seguintes na cama. Quando ela se levantou e começou a se vestir, ele pôs as mãos atrás da cabeça e a observou.

— Quando você vai entrar pela porta da frente? — ele perguntou.

Ela olhou para ele por cima do ombro enquanto prendia o sutiã nas costas.

— Eu não posso fazer isso.

Lily havia sido alvo de fofocas e olhares curiosos durante grande parte da vida, mas fazia muito tempo que não dava ao povo de Lovett motivos para falarem dela. E planejava manter as coisas assim.

— As pessoas vão comentar.

— Quem se importa?

Ela pegou a blusa e enfiou os braços nas mangas.

— Eu me importo. Eu sou uma mãe solteira.

Tirou os cabelos de debaixo da gola.

— Preciso tomar cuidado.

E se e quando o relacionamento dos dois terminasse, ninguém ficaria sabendo. Ela provavelmente ficaria chateada. Seria constrangedor, mas a cidade inteira não ficaria sabendo que ela havia sido largada de novo — desta vez por um homem mais jovem. Ela poderia manter a cabeça erguida, e Pippen não precisaria superar nada.

Tucker sentou e pôs os pés para fora da cama. Ele ficou olhando ela abotoar a camisa, então se levantou e vestiu uma calça jeans. Adorava abrir a porta dos fundos e vê-la ali, mas queria mais.

— Existe uma diferença entre tomar cuidado e achar que precisamos manter um segredo sujo.

Ela levantou o olhar.

— Eu não acho que somos um segredo sujo. — Um segredo, sim. Sujo, não.

— Você contou à sua irmã sobre mim? — Ele arrumou o material e fechou o zíper da calça. — À sua mãe? A alguém?

Os cabelos loiros roçaram o rosto de Lily quando ela sacudiu a cabeça.

— Por que isso seria da conta de alguém?

— Porque nós estamos nos escondendo por aí como se estivéssemos fazendo algo errado, e não estamos. — Ele vestiu uma camiseta. — Eu disse a você desde o começo que quero você toda. Eu não vou tratá-la como se fosse só uma transa.

— Eu agradeço por isso, Tucker. — Lily vestiu uma calça preta. — Mas eu tenho um filho de dez anos e preciso tomar muito cuidado.

— Eu gosto do Pippen. Jogaria bola com ele mesmo sem você na história. Ele é um garoto divertido e acho que gosta de mim.

— Gosta mesmo.

— Eu jamais faria qualquer coisa para magoá-lo.

Ela olhou para ele enquanto fechava os botões da calça.

— Crianças são cruéis. Não quero que o nosso relacionamento seja algo que faça Pippen ouvir provocações na escola.

Mais do que ninguém, ele sabia como crianças podiam ser más.

— Devidamente anotado.

Mas era mais do que Pippen. Tucker podia ser mais jovem do que Lily, mas isso não queria dizer que ele havia nascido ontem. Por algum motivo, Lily queria manter o relacionamento deles em segredo. E não era apenas pelo filho. Tucker queria sair com um megafone contando para a cidade toda. Essa sensação era nova para ele. Já havia se apaixonado antes, mas nunca desse jeito. Nunca havia ficado tão apaixonado — tão apaixonado que queria botá-la dentro do peito e não a deixar sair nunca mais.

A situação era nova para ele. Ela tinha um filho. Ele precisava cuidar dos sentimentos do Pippen, mas isso não queria dizer que iria se esconder, como se estivesse fazendo algo errado. Como se Lily tivesse de viver como uma freira e os dois precisassem se esgueirar, como pecadores. Ele seria respeitador, mas não era o segredo de ninguém, e se esgueirar simplesmente não fazia seu tipo.

Sete

— Minha mãe trabalhou na lanchonete Wild Coyote até se aposentar, no ano passado — disse Lily enquanto fazia reflexos loiros nos cabelos da cliente das 11h30. Para dar dimensão, ela acrescentava um tom diferente a cada três papelotes. Com o cabo do pente, fazia uma repartição fina, enrolava a mecha e aplicava um papelote perto do couro cabeludo. — E o meu cunhado é dono do Parrish American Classics.

— Eu ia sempre à Wild Coyote. Comia sanduíches abertos e torta de nozes. — Coberta por um avental preto do salão, sua cliente, Sadie Hollowell, olhou para Lily pelo espelho.

— Como a sua mãe se chama?

— Louella Brooks.

— Claro, eu me lembro dela — Sadie disse. E Lily se lembrava de Sadie Hollowell. Sadie era vários anos mais jovem do que Lily, mas todo mundo conhecia os Hollowell. Eles eram os proprietários do JH Ranch e criavam gado no Panhandle há várias gerações. E se havia uma pessoa de quem os moradores da cidade gostavam mais de falar do que Lily, era qualquer um com o sobrenome Hollowell. Sadie havia se mudado para longe de Lovett havia alguns bons anos, mas voltara para cuidar do pai doente. Considerando que ela era a última Hollowell, Sadie ocupava o topo da preferência das fofocas de Lovett. Era impossível chutar uma pedra sem atingir alguém falando de Sadie.

No dia anterior mesmo, Lily havia cortado os cabelos de Winnie Stokes e ficara sabendo que Sadie tinha ido embora da comemoração do Dia do Fundador, no sábado anterior, com o sobrinho de Luraleen Jink, Vince Haven. Segundo Winnie, Vince era o novo proprietário do Gas and Go e ex-fuzileiro naval. Supostamente, era gostosíssimo, e sua caminhonete havia sido vista na casa do rancho Hollowell no meio da madrugada.

Sadie evidentemente não se importava que as pessoas fizessem fofoca a seu respeito. Do contrário, teria feito Vince esconder a caminhonete no celeiro. Lily invejava aquela atitude "fodam-se-todos" de Sadie. Talvez, se algum dia se mudasse para longe, como Sadie, agisse assim também.

A campainha acima da porta tocou e, pelo espelho, Lily viu um imenso buquê de rosas vermelhas entrando no salão. Tão grande que escondia o entregador.

— Ah, não.

O entregador deixou as flores em cima do balcão da frente, e uma das meninas assinou o recibo.

— São para você? — Sadie perguntou.

— Acho que sim. — No dia anterior, Tucker havia enviado lírios. Era sua forma de dizer que não iria se esconder. Que não estava se escondendo.

— Que amor.

— Não, não é. Ele é jovem demais para mim — ela disse, sentindo um calorão subir pelo pescoço. Todo mundo no salão sabia sobre Tucker. Depois que ele apareceu na festa do spa e trancou a porta da sala dela, não havia muita dúvida sobre o que Lily Darlington estava fazendo com o jovem policial Matthews. Acrescentava intriga à fofoca o fato de que ela às vezes chegava tarde ao salão. Antes de Tucker, ela era sempre uma das primeiras a chegar.

Ela pintava mechas de cabelo e enrolava o papel alumínio. Salões cheios de funcionárias eram um viveiro natural de fofocas, e o salão de Lily estava com mais zunzunzum do que o normal. Ela precisava fazer alguma coisa. Alguma coisa para fazer aquilo parar antes de chegar a Lovett. Porém, além de chutar Tucker para fora da sua vida, ela não sabia o que fazer a respeito. Mandar todo mundo calar a boca apenas confirmaria tudo.

— Quantos anos ele tem?

Lily separou mais uma mecha de cabelo.

— Trinta.

— São só oito anos, certo?

— Sim, mas eu não quero ser uma loba. — Por Deus, ela detestava até mesmo a ideia daquela palavra. Até então, a fofoca estivera limitada ao salão em Amarillo, mas era só uma questão de tempo para que se espalhasse até Lovett. Ela não devia ter transado com Tucker na sala dela. Para uma mulher que se preocupava com fofoca, isso claramente havia sido um erro. Um erro que ela talvez devesse lamentar mais do que estava lamentando.

— Você não parece uma loba.

Ela também não se sentia uma.

— Obrigada. — Pôs um papelote sobre o couro cabeludo de Sadie. — Ele parece ter vinte e cinco.

— Acho que o cara precisaria ter a idade do seu filho para você ser considerada uma loba.

— Bem, eu não quero namorar um homem oito anos mais jovem. — Ela pegou um pouco de tinta de um dos potes e continuou pintando os cabelos de Sadie. Não, ela não queria namorar alguém oito anos mais jovem, mas também não queria parar de ver Tucker. Só de pensar nele, ficava com aquela sensação esquisita e assustadora no estômago e sentia o coração disparar no peito. Seus sentimentos por ele a deixavam assustada. Assustada de um jeito que ela não ficava fazia muito tempo. "Mas, caramba, como é gostoso. — E inteligente, divertido e querido. Ele havia feito uma casinha para a Pinky, pelo amor de Deus."

— Simplesmente use o corpo dele.

— Eu tentei. — Lily suspirou, pensando nas flores e na sugestão que ele fizera no dia anterior, de que levassem Pippen à pizzaria ou para jogar boliche. Ele queria mais dela, mas isso não era uma surpresa. Ele disse o que ele queria desde o começo. "Toda você", ele havia dito, mas ela não entendeu direito o que aquilo queria dizer. Toda ela, por enquanto? Até ela fazer quarenta? — Eu tenho um filho de dez anos e estou tentando administrar meu próprio negócio. Eu só quero uma vida calma e tranquila, e o Tucker é complicado. — Mas será que Tucker era complicado? Talvez, mas, mais precisamente, o relacionamento dos dois era complicado. Uma palavra melhor para descrever Tucker era *implacável*.

— Como?

— Ele foi do exército e viu muita coisa. Ele diz que costumava ser fechado, mas não é mais. — Havia coisas que ele não estava dividindo com ela. Lily não fazia ideia do que podia ser. Coisas que talvez tivessem a ver com a experiência militar, a infância ou sabe Deus o quê. — Mas, para um homem que diz que deixou de ser fechado, ele não fala muito a respeito de si mesmo.

Ela também não.

Por mais uma hora, ela aplicou tinta nos cabelos de Sadie. As duas conversaram sobre crescer em Lovett e sobre o pai de Sadie, que havia levado um coice de um cavalo e estava, atualmente, internado num hospital de reabilitação a algumas quadras do salão de Lily.

Depois que terminou o processo de aplicação da tintura, Lily sentou Sadie sob o secador por vinte minutos e foi para sua sala. Sentou-se atrás da mesa e pegou o telefone.

— Obrigada pelas flores — disse ela, quando o correio de voz de Tucker atendeu. — Elas são maravilhosas, mas você realmente precisa parar de gastar comigo.

Ela tinha uma imensa papelada em sua frente, faturas e contas a serem pagas. A pia da sala de uma esteticista precisava de conserto, e ela ligou para um encanador e marcou uma visita. Lily terminou de atender Sadie Hollowell cortando seus cabelos lisos e secando-os com o secador, dando a ele mais da textura e da ousadia texana.

Depois de Sadie, a cliente seguinte quis um corte longo em camadas, o preferido da maioria das texanas e da própria Lily. O corte longo em camadas podia ser preso num rabo de cavalo, ligeiramente cacheado ou armado até o céu. Eram três da tarde quando terminou e decidiu pegar todo o trabalho burocrático e ir para casa. Como não era sempre que podia pegar Pippen na saída da escola, avisou à subgerente que estava indo embora, antes de sair pela porta dos fundos. A temperatura era de quase 15 graus, e ela atirou toda a papelada no banco traseiro do Jeep. Quando saiu do estacionamento, ligou para a mãe.

— Estou saindo mais cedo para pegar o Pippen na escola — disse ela, enquanto seguia rumo à rodovia.

— Está bem. Ele vai ficar feliz. — Houve uma pausa, e então sua mãe continuou: — Ele tem passado muito tempo jogando basquete com aquele policial Matthews.

— É, eu sei.

— Bom, eu não sei se é uma ideia muito boa — Louella disse.

— Ele é um cara legal. — Mantendo os olhos na estrada, ela começou a procurar os óculos escuros no painel do carro.

— Nós não sabemos. Não sabemos nada sobre ele.

Se a mãe ao menos soubesse o quanto Lily sabia do policial. Sabia que ele era bom com as mãos e gostava de ser montado como Buster, o cavalo mecânico que ficava do lado de fora da Petterson's Drug.

— Ele joga com Pippen à vista de todo mundo na vizinhança, mãe. O Pippen gosta dele, e temos de admitir que ele passa tempo demais com mulheres. Passar algum tempo com um homem vai fazer bem.

— Ahn. — Houve outra pausa na ligação, e Lily ficou esperando alguma história divagante sobre o filho da fulana que havia sido molestado pelo sorveteiro e havia se tornado um assassino serial de proporções bíblicas. — Está bem — ela disse.

— Está bem? — Nenhuma história? Nenhuma história divagante de tragédia?

— Está bem. Se ele é bom para o meu neto, então tudo bem para mim.

Lily enfiou os óculos no rosto. Bem, era definitivamente o fim do mundo. Não era exatamente um aprovação absoluta da mãe, mas pelo menos ela não o estava acusando de crimes contra a natureza.

— Ontem, a minha mãe disse que por ela tudo bem você jogar bola com o Pippen.

Tucker franziu as sobrancelhas e entregou a Lily um prato que havia acabado de enxaguar.

— Você contou a ela sobre nós?

Lily pôs o prato na lava-louça.

— Não exatamente, mas ela sabe que às vezes você joga bola com o Pip depois que ele volta da escola.

Ele pegou um pano de prato e secou as mãos.

— O que "não exatamente" quer dizer?

Lily fechou a porta da lava-louça.

— Quer dizer que vou contar a ela. Mas não agora.

— Por quê?

— Porque ela vai querer saber *tudo* sobre você — esse era apenas um dos motivos, mas não o maior de todos. — E você guarda tudo. Eu fico imaginando o que você deixa de me contar. — Havia coisas que ela precisava descobrir, como os sentimentos dela por ele, e se ela podia confiar nos sentimentos que ele dizia ter por ela. E, se tudo acabasse, ela conseguiria dar conta? — Que grandes segredos você está escondendo de mim? Aconteceu alguma coisa no exército?

Ele sacudiu a cabeça.

— Ir para o exército salvou a minha vida.

— Tucker! — Ela empurrou o ombro dele, mas ele não se mexeu. — Você levou cinco tiros.

— Eu levei mais tiros do que isso. — Ele sorriu, como se não tivesse importância. — Isso foi só da última vez. Se não fosse pelo exército, eu estaria morto ou preso.

Preso? Ela pegou o pano de prato da mão dele e secou as mãos, lentamente. Olhou com mais atenção para o sorriso dele, e sentiu um aperto no coração.

— Por que você diz isso?

Ele se virou e abriu a geladeira.

— Antes de me alistar, eu não estava indo a lugar algum e não tinha nada. Já havia passado vários anos preso na detenção juvenil e estava morando numa casa de passagem para jovens. — Pegou um litro de leite e caminhou na direção da porta dos fundos. — Eles nos mandam embora aos dezoito anos, mas eu estava pronto para ir de qualquer maneira.

Tucker se ajoelhou e serviu leite no pote vazio da gatinha. Como não estava olhando para ela, Lily se aproximou e se ajoelhou ao lado dele.

— Onde estava a sua mãe?

— Morta — respondeu ele, sem emoção na voz, mas ainda sem olhar para ela. — Morreu de overdose quando eu era bebê.

— Tucker. — Ela pôs a mão no ombro dele, mas ele se levantou e voltou à geladeira.

— E o seu pai? — Ela se levantou e foi atrás dele.

— Nunca soube quem era. Minha mãe provavelmente também não sabia. Tenho certeza de que era um viciado como ela.

— Quem cuidou de você?

— A minha avó, mas ela morreu quando eu tinha cinco anos. — Ele pôs o leite dentro da geladeira e fechou a porta. — E depois várias tias, mas, principalmente, o Estado de Michigan.

Lily pensou em Pippen e sentiu o coração afundar no peito.

— Tucker. — Segurou o braço dele e o fez olhar para ela. — Todo bebê deveria nascer numa família viva. Sinto muito que você não tenha tido isso. Que horrível.

— Foi uma merda, isso é certo. — Ele olhou para o chão. — Eu morei em onze casas temporárias diferentes, mas todas eram iguais: pessoas que aceitavam pegar crianças para receberem dinheiro do Estado. Eram apenas uma parada a caminho de outro lugar.

Ela sinceramente não sabia o que dizer. Pensava que os segredos dele tinham a ver com... Bem, ela não sabia, mas não com aquilo. Embora explicasse algumas das arestas dele e por que ele podia ser implacável.

— Por que você não me contou antes?

— As pessoas olham de um jeito diferente quando descobrem que ninguém o queria na infância. É como se houvesse algo de errado com você. Como se fosse culpa sua.

Ela queria chorar por aquele homem grande e forte que um dia foi um menino perdido, mas sentiu que devia ser forte como ele. Sentiu os olhos arderem e piscou para não deixar as lágrimas rolarem.

— Especialmente, eu não queria que você soubesse.

— Por quê?

— Quando descobrem que a pessoa passou por uma cadeia juvenil, olham para ela como se fosse roubar as joias de família. Não importa o que mais ela tenha feito na vida.

Lily segurou o rosto dele entre as mãos e olhou fixamente em seus olhos.

— Eu jamais pensaria isso. Tenho orgulho de você, Tucker. Você deveria se orgulhar de si mesmo. Olhe para você. Você superou tanta coisa. Teria sido fácil e compreensível ter seguido pelo mau caminho, mas não foi o que aconteceu.

— Por um tempo, foi. Eu roubava tudo o que me caía nas mãos.

— Bom, eu não tenho nenhuma joia de família. — Lily passou as mãos nos ombros dele, para confortá-lo. — Mas talvez eu deva revistá-lo da próxima vez que sair da minha casa.

Ele corou e olhou para o lado.

— Eu jamais roubaria de...

— E eu vou gostar de revistá-lo. Talvez eu o reviste quando você chegar, só para garantir. Talvez eu devesse revistar você agora mesmo.

Ele olhou de novo para ela, com alívio no olhar.

— Mas estamos na minha casa.

Ela encolheu os ombros.

— Eu só acho que não devo deixar passar uma boa oportunidade de revistar você. Nunca se sabe o que posso encontrar.

— Eu sei o que você vai encontrar. — Ele a puxou contra seu peito. — Comece com o bolso direito da frente.

Ela obedeceu e o encontrou duro e pronto para o sexo.

— Você está se cuidando? — ele perguntou, com a voz ficando rouca.

Ela achou que era uma pergunta esquisita naquele momento.

— Uso DIU há sete anos. — Desde que levou um susto achando que estava grávida quando Pip tinha três anos.

— Você confia em mim?

— Em relação a quê?

— Eu passei por uma bateria de exames antes de entrar para o departamento policial do Condado de Potter. De cabo a rabo. Está tudo certo comigo. Você confia em mim?

Ele estava pedindo para transar sem camisinha. Para levar o relacionamento deles para a próxima etapa. E ela queria tanto isso, que sentiu medo. Se fossem devagar, talvez tudo desse certo.

— Sim? Você confia em mim?

— Sim. — Ele pegou a mão dela e a levou para seu quarto. Ele a beijou, a tocou e lhe tirou a roupa. Fez amor com todo o corpo dela. E, quando a penetrou, quente e latejando, pele contra pele, ela arqueou as costas. Ele segurou o rosto dela nas mãos e olhou dentro de seus olhos enquanto entrava e saía de seu corpo. — Lily — sussurrou. — Eu te amo.

Uma euforia completa percorreu o sangue dela e aqueceu todo seu corpo. Ele disse que a amava, e ela sentiu isso em cada parte do corpo. A sensação de euforia se manteve durante muito tempo depois que ela saiu da casa dele naquele manhã. Muito depois de ela ir para o trabalho e voltar para casa naquela noite. Ela acordou com a euforia, mas, quando voltou para casa depois de deixar Pippen na escola, sua bolha feliz estourou.

Ela parou o Jeep na garagem justamente quando Tucker estava chegando do trabalho. Era dia de lixo, e ela foi até a calçada para puxar a lata vazia para dentro.

Sendo como era, Tucker a encontrou na entrada da garagem e puxou a lata. Lily fechou rapidamente a porta da garagem, e ele a seguiu até a cozinha.

Um sorriso lhe curvou os lábios.

— Quer café?

— O que você vai fazer amanhã à noite? Vou estar de folga. Pensei em irmos ao Ruby's. Uns colegas disseram que lá servem uma carne boa, mas que é bom evitar os frutos do mar.

O Ruby's? O sorriso dela desapareceu. Era um restaurante em pleno centro de Lovett, onde a notícia de que ela estava saindo com o jovem policial Matthews se espalharia completamente antes da sobremesa. Isso não era levar as coisas devagar. O que sentia era muito novo, e ela não estava pronta.

— Tem o Pip.

— Ele não pode ficar com a sua mãe ou com a sua irmã por algumas horas?

— Isso é terrivelmente em cima da hora, Tucker.

Ele cruzou os braços sobre a camisa bege do uniforme.

— E domingo?

— Eu não sei. Ele estava pressionando. Ela o compreendia, mas havia muito em que pensar. Tudo estava acontecendo rápido demais. Ele havia dito que a amava, mas ela podia amá-lo o quanto ele merecia? Aquele tipo de amor maluco que queima e consome? Estava velha demais e tinha muito a perder para se permitir amar assim novamente. — Eu tenho muito trabalho.

— Segunda.

— Que tal algum lugar em Amarillo? — Era uma boa concessão. — Os restaurantes são melhores em Amarillo.

— Não. Que tal o Ruby's?

— Por quê?

— Porque eu estou cansado de me esconder. Eu quero uma vida toda com você. Com você e Pip.

— Você é jovem. Como pode saber o que quer? Quando eu tinha trinta anos, achava que queria algo totalmente diferente do que quero agora.

— Pare de me tratar feito criança. Eu posso ser oito anos mais novo do que você, mas vivi muitas vidas diferentes... o suficiente para saber o que quero e o que não quero. Eu te amo, Lily. Eu disse isso a você e estava sendo sincero. Eu quero ficar com você. Estou cem por cento apaixonado por você, mas, se você não está, precisa me dizer. Eu não sou segredo de ninguém. Ou você está cem por cento comigo, ou estou fora.

Fora? Lily sentiu uma bolhinha de pânico no estômago.

— Faz pouco mais de um mês!

— Faz quase dois meses desde que eu me apaixonei por você, naquela primeira manhã que lhe vi com rolos nos cabelos e chinelos de coelhinhos nos pés. Saber que amamos alguém não leva tempo. Não são precisos dez anos ou dez meses para descobrir isso. Basta olhar para o outro lado da entrada da garagem e ter a impressão de ter levado um soco no peito, perdendo o fôlego.

Fora? Lily sentiu a cabeça girar, e a bolha de pânico lhe tomou conta do abdome. O amor a tornava impulsiva, emocional e irracional. O amor a deixava em pânico e maluca, e ela havia se esforçado muito para ser racional e sã. Ela não queria ser maluca, mas não queria deixá-lo ir embora. Estava num conflito tão grande que não conseguia pensar, e detestava aquela sensação. Era uma sensação que trazia de volta todo tipo de sentimentos e lembranças... de dor, traição e brigas com puxões de cabelos.

— Eu preciso de um pouco mais de tempo.

Ele sacudiu a cabeça.

— Eu não vou ficar esperando as suas migalhas. Passei toda a infância fazendo isso. O estranho olhando de fora. Esperando. Querendo o que jamais seria meu. Eu não posso mais fazer isso, Lily. — Tucker cruzou os braços sobre o peito. — Você está dentro ou fora? É simples assim.

Havia tanta coisa em que pensar. Nela mesma. Em Pip. E se ele a deixasse depois de alguns meses ou anos? Ela sobreviveria dessa vez? Ou perderia a cabeça de novo?

— Por que você está sendo tão teimoso?

— Não estou sendo teimoso, Lily. Eu apenas sei o que quero. Se você não quer a mesma coisa, se não quer ficar comigo, precisa me dizer agora. Antes que eu me envolva mais e comece a pensar que posso ter coisas que não poderei ter.

— Não é tão fácil assim, Tucker. Você não pode esperar que eu tome uma decisão neste exato segundo.

— Você acabou de tomar.

Oito

— Você ainda está jogando basquete com o policial Matthews? — Fazia três dias que ela vira Tucker pela última vez. Ele sequer tentou entrar em contato. Ela havia ligado duas vezes, mas ele não atendeu e nem retornou a ligação.

Pippen assentiu com a cabeça enquanto montava peças de Lego.

— Eu quase ganhei dele num melhor de sete.

Ela se sentiu vazia e com inveja — com inveja do próprio filho porque ele via Tucker. Era sábado à noite. Ela deveria estar relaxada e feliz. Seu salão estava indo muito bem, seu filho estava ótimo, e ela tinha os dois dias seguintes de folga. Em vez disso, ela se sentia sobressaltada e prestes a ter um ataque.

— Você gosta dele?

— Gosto. E da Pinky também.

Ele queria uma vida com ela. Ele queria que ela entrasse com os dois pés no relacionamento ou nada feito.

— Você entrou na casa dele?

Pippen sacudiu a cabeça.

— A Pinky saiu e correu para o nosso quintal, como o Griffin fazia. Eu a levei de volta, porque ela é pequena e não tem habilidades de sobrevivência.

Lily se lembrou de Tucker servindo leite numa tigelinha de gato. A maioria dos homens que ela conhecia detestavam gatos. Apenas um homem extremamente confiante teria uma gata chamada Pinky.

— O que você acharia de a gente convidar o Tucker para jantar aqui em casa às vezes? — A autoconfiança era uma das coisas que ela gostava nele.

— Podemos pedir pizza?

— Claro.

— E talvez ele pudesse ir jogar boliche conosco — o filho sugeriu, encaixando uma espécie de asas nos Legos. — Mas ele provavelmente vai ganhar.

Provavelmente. Ela e Pip eram muito ruins. Houve um tempo em que Pippen sempre a incomodava para convidar Ronnie para jogar boliche com eles.

— E o seu pai?

Pippen deu de ombros.

— Ele está de namorada nova. Provavelmente, vou ficar um tempo sem vê-lo.

Um sorriso triste tomou conta dos lábios dela. Sentiu pena do filho. Dez anos de idade, e já havia decifrado Ronnie Darlington.

— E se eu saísse com o Tucker? Se ele me levasse para jantar ou coisa parecida? Só ele e eu? Você acharia ruim? — ela perguntou, embora não soubesse ao certo se Tucker algum dia voltaria a falar com ela. Lembrou da expressão nos olhos dele a última vez que o viu. Triste. Final.

Pip encaixou mais algumas peças de Lego.

— Não. Você vai beijar ele?

Ela gostaria de beijá-lo.

— Provavelmente.

Ele fez uma careta.

— Adultos fazem umas coisas nojentas! Eu não quero ir para o ensino médio!

— O ensino médio? Por quê?

— É quando as pessoas precisam começar a beijar. O T. J. Briscoe me contou que o irmão mais velho dele fica beijando a namorada pela casa até os pais deles chegarem do trabalho.

Um dia, o pensamento de Pip sobre o assunto mudaria radicalmente. Graças a Deus, ela ainda tinha alguns anos antes de isso acontecer.

— Bem, você não precisa beijar ninguém se não quiser. — Lily mordeu o canto da boca para não sorrir. — A não ser eu.

Ela se levantou do sofá e foi até a cozinha. Olhou para a casa de Tucker pela janela. As luzes estavam apagadas e ele sem dúvida estava trabalhando. Escondido em um de seus pontos preferidos, esperando motoristas desatentos andando acima da velocidade permitida.

Nos últimos dias, ele a estava evitando. Havia sido sincero sobre sua vida. Havia lhe contado tudo porque a amava. Ela não havia sido tão sincera assim. Não havia contado tudo a ele porque... não queria que ele fosse embora.

Fechou os olhos e apertou os dedos sobre os olhos. Ela não havia sido sincera porque não queria que ele fosse embora, mas ele foi embora mesmo assim. Ela não queria namorar com ele por causa da idade dele. Ela tinha medo do que as pessoas iriam dizer. Ele não se importava com isso. Havia sido ousado e corajoso. Ela costumava ser ousada e corajosa. Costumava amar com todo o coração, como Tucker.

Abaixou as mãos e olhou para a casa vazia dele. Ficou com o coração apertado. Ela realmente o amava. Havia lutado contra isso, mas ela o amava com todo o coração. Ela o amava tanto, que o sentimento lhe atravessou a pele e encheu seus olhos de lágrimas. Ficou com a cabeça leve e ansiosa. Não conseguia controlar os próprios sentimentos. Eram sentimentos muito fortes — muito intensos —, mas, ao contrário do que lhe acontecia aos trinta anos, ela não estava perdendo o controle. Não conseguia controlar o amor que sentia por Tucker, mas ela não estava fora de controle. Sabia exatamente o que estava fazendo quando pegou o casaco e a bolsa.

— Pippy, preciso ir a um lugar.

— Onde?

Ela não sabia ao certo, mas fazia uma boa ideia.

— Preciso tomar um ar.

Ligou para a mãe e mentiu sobre ter esquecido algo no salão. Quando Louella entrou pela porta, Lily enfiou o casaco e saiu.

Entrou no Jeep e seguiu para a Rodovia 152. Não estava maluca, estava indo atrás do que queria. Do que tivera medo de querer por muito tempo.

Tucker havia dito que gostava de ficar atrás da placa "Boas-vindas Lovett", esperando motoristas acima da velocidade permitida. Ela passou por ali — e, como esperado, uma viatura do Condado de Potter estava parada vários metros para trás da placa. Fez o retorno no meio da estrada, enfiou o pé no acelerador e bateu nos 130 quilômetros ao passar. Ainda estava perfeitamente no controle da situação.

Sem se sentir nem um pouco maluca, olhou pelo retrovisor e não viu nada além da noite escura.

— Muito bem — ela disse, ainda sob controle, nem um pouco maluca. Fez mais um retorno e, desta vez, foi a 155 quilômetros por hora. Olhou pelo retrovisor e sorriu ao ver as luzes vermelhas, brancas e azuis iluminarem a noite do Texas. Parou o carro e ficou esperando. Cruzou os braços e ficou olhando para frente, esperando. Estava com o coração batendo forte e o peito doendo. Se não tomasse cuidado, poderia hiperventilar. Uma lanterna bateu no vidro, e ela abriu a janela.

— Lily.

— Neal? — Ela enfiou a cabeça pela janela e olhou para a estrada. — O que você está fazendo aqui?

— Meu trabalho. O que você está fazendo aqui dirigindo como se estivesse com o carro em chamas?

— Estou procurando uma pessoa. — Se o Tucker não estava na Rodovia 152, onde estava?

— Preciso da sua carteira de motorista, dos documentos do carro e do certificado de seguro.

Lily arfou.

— Você não vai me dar uma multa, vai?

— Sim, senhora. Você estava a 160 quilômetros por hora.

Cento e cinquenta e cinco, mas quem estava contando?

— Não tenho tempo para isso, Neal — disse ela, revirando o porta-luvas. — Você não pode me mandar a multa pelo correio? — Ela encontrou o documento do carro e o entregou a ele com a carteira de motorista e o cartão do seguro.

— Não. Já volto.

— Mas... — ela não tinha tempo para ficar parada. Olhou pelo retrovisor e o viu ir até o carro. Ligou para Tucker pelo UConnect, mas desligou quando a ligação caiu na caixa postal. Onde ele poderia estar? Ela não queria tentar arrombar uma porta de joalheria para arriscar que ele respondesse ao chamado. Não estava tão maluca. Ainda.

Em alguns minutos, Neal voltou.

— Assine aqui — disse ele, apontando a lanterna para uma multa presa a uma prancheta.

— Ainda não acredito que você está me multando.

— Eu não acredito que você passou correndo por mim duas vezes. Que diabos há de errado com você, garota?

— Eu achei que você fosse outra pessoa. — Lily assinou a multa e devolveu a caneta.

— Quem?

Ele ia descobrir de qualquer maneira.

— O policial Matthews.

Neal balançou para trás e deu risada.

— O Tucker?

Lily não fazia ideia do que era tão engraçado.

— Nós estamos namorando. — Ela levantou uma mão e a soltou de volta sobre a direção. — Mais ou menos.

— Coitado. Você vai entrar com o Jeep na casa dele?

— Isso não tem graça. E eu não acredito que você está trazendo esse assunto à tona. — Na verdade, acreditava, sim. Neal havia sido um dos primeiros policiais a aparecer naquela terrível noite de infâmia. E eles estavam em Lovett. Ninguém deixava algo simplesmente passar.

— O Tucker está no Road Kill com alguns dos rapazes. O Marty está fazendo aniversário, e alguém contratou uma *stripper.* Se for até lá, não vá ficar maluca.

Lily franziu a testa.

— Eu não fico mais maluca.

— Então por que você está correndo de um lado para o outro na estrada?

Podia não parecer, mas ela estava no controle da situação.

— Eu não estou maluca.

Ele arrancou a multa do bloco e entregou a ela.

— Eu pensei que você fosse meu amigo, Neal.

— E sou. Tanto que estou lhe dando uma multa de cento e vinte em vez de uma de cento e oitenta, como você mereceria.

Lily arfou mais uma vez.

— Cento e vinte dólares? — enfiou a multa no bolso do casaco.

— Bom ver você, Lily.

— Gostaria de poder dizer o mesmo. — Que imbecil, mas, como havia sido bem educada, acrescentou, mal-humorada: — Diga alô para Suzanne e as crianças.

— Pode deixar. E vá mais devagar. — Neal deu um passo para trás, e Lily voltou com o Jeep para a estrada. O Road Kill ficava a aproximadamente vinte minutos dali, e ela cuidou para andar dentro do limite de velocidade. Até andou alguns quilômetros abaixo do limite, mas sua mente estava zunindo — girando e tropeçando, o coração aos pedaços. Ela estava apaixonada por Tucker. Inspirou fundo e expirou, fazendo uma autoavaliação. Estava se sentindo bem. Ainda não estava se sentindo maluca. Está bem, talvez só um pouquinho, mas não o bastante para entrar com o carro na casa de alguém. Isso era ser maluca. Maluca destrutiva, e ela não era mais essa Lily.

O estacionamento de cascalho do Road Kill estava lotado, mas ela conseguiu encontrar uma vaga perto da porta de entrada. Iria simplesmente entrar, dizer a Tucker que o amava e tudo daria certo. Precisava dar certo... porque ela não queria pensar numa vida sem ele.

Uma música de cabaré escapava pelas frestas do prédio e ficou mais alta quando ela entrou. Todo mundo sabia que os salões dos fundos podiam ser alugados, e ela seguiu para lá passando pelo bar. Algumas pessoas a chamaram pelo nome, e ela levantou a mão e acenou ao percorrer a multidão. Quando chegou a um dos salões dos fundos, passou pela porta, quando uma *stripper* vestida de policial algemava Marty Dingus a uma cadeira. Num MP3 *player*, Kid Rock cantava uma música sobre pegar uma "safadinha" em Baton Rouge. O olhar de Lily percorreu o salão até encontrar Tucker, que estava parado, em pé. Estava de camiseta preta e jeans, entortando a cabeça para o lado, examinando o traseiro da *stripper*.

Com o coração pulando no peito, Lily passou pelos olhares chocados de alguns dos outros policiais. Com os olhos fixos na *stripper*, Tucker levou uma garrafa de Lone Star à boca.

— Sério, Tucker? — Ela parou ao lado dele. — *Cadillac Pussy*? — Apontou para o MP3 e a música que saía a toda altura dos pequenos alto-falantes. — Você sabe o que eu acho de palavreado chulo.

Tucker virou de repente a cabeça na direção dela e abaixou a garrafa de cerveja.

— O que você está fazendo aqui, Lily?

Ele pareceu chocado, mas nem um pouco envergonhado.

— Aparentemente, caçando você. — Apontou o dedo para a moça seminua montando no colega dele. — E você está vendo o Marty ganhar uma dança sensual.

Tucker sacudiu a cabeça.

— Ela ainda não começou a dança sensual para valer. Isso nunca acontece antes de ela ficar só de fio dental. — Ele disse isso como se nem lhe passasse pela cabeça ficar constrangido por saber esse tipo de informação.

Enquanto ela estava tomando uma multa e agindo de modo um pouco impulsivo, ele estava tomando uma cerveja e assistindo uma menina seminua dançar. Agora... agora ela estava começando a se sentir um pouco mais maluca do que o desejável.

— Se conseguir se arrastar para longe da bunda dessa *stripper*, eu gostaria de ter uma conversinha com você. Lá fora?

— Claro. — Tucker começou a passar através da pequena multidão de homens, e ela segurou a mão dele. Ele a olhou nos olhos e apertou levemente a mão dela, que sentiu o gesto no coração. Os dois foram até um pequeno corredor perto da porta dos fundos. Um deque de madeira havia sido construído na parte de trás do bar, mas ele ficava vazio nessa época do ano.

Lily parou perto de uma mesa virada de lado. Respirou fundo, vencendo a barreira que sentia na garganta. Havia uma luz bem em cima dos dois, mas o rosto dele estava indecifrável.

Ela precisava se jogar. Completamente.

— Eu te amo, Tucker. Eu te amo e quero ficar com você. — Engoliu seco e abaixou o olhar para a garganta dele. — Você foi sincero comigo e me contou sobre o seu passado e sobre quem você é, mas eu não falei para você sobre mim. — Lily sacudiu a cabeça, e o resto saiu numa enxurrada de palavras. — Todo mundo acha que eu sou maluca. Eu admito que fiz algumas coisas malucas na minha vida. Coisas que levei muito tempo para superar e que acho que vão fazer você querer ir embora quando souber.

— Eu não vou a lugar algum. — Ele pôs um dedo no queixo dela e a fez olhar em seus olhos. — Eu sei quem você é, Lily. Eu sei tudo sobre você. Sei que escapou por muito pouco de ser acusada de um 5150 por entrar com o carro na casa do seu ex. Sei que você foi deixada por ele, mas se reergueu e conseguiu se transformar num sucesso. Você devia se orgulhar de si mesma por isso. Eu sei que você ama o seu filho, e na primeira vez que a vi com o Pippen percebi o quanto o ama. Você disse que mataria por ele, e eu soube que queria amar e ser amado daquela maneira.

Lily piscou.

— Você sabia que as pessoas me chamam de maluca? Por que não disse nada?

— Porque não é verdade. Você é apaixonada e ama com o coração e a alma, e é isso que eu quero.

— E se for verdade? Eu me esforcei demais para não ser maluca, mas admito que estou me sentindo um pouco maluca neste exato momento. Levei uma multa por velocidade esta noite porque achei que você estava escondido atrás da placa de boas-vindas de Lovett.

— Opa. — Ele levou a cabeça para frente e para trás. — O que...

— Você vinha me ignorando, e eu queria chamar a sua atenção. Então fiquei correndo de um lado para o outro pela estrada. — Ela tirou a multa do bolso. — Mas era o Neal que estava lá.

Ele jogou a cabeça para trás e riu. Deu uma longa e alta gargalhada. Então a abraçou.

— Você foi tão maluca assim para chamar a minha atenção?

— Não fui *tão* maluca assim. Só um pouco.

— Que engraçado.

— Nem tanto. Agora o Neal está achando que eu estou maluca de novo e provavelmente vai dizer isso para os caras com quem você trabalha.

— Eu sou bem crescidinho. Posso aguentar qualquer coisa, desde que tenha você.

— Você me tem, Tucker, mas não sou só eu.

— Eu sei, e sei que não sou o pai do Pippen. Eu nunca vou poder ser o pai dele. Caramba, eu não sei como ser pai, mas sei que eu nunca vou ser mau com ele, nem vou ignorá-lo ou deixá-lo de fora. Eu nunca vou deixá-lo acreditar que ele não tem importância e nem vou decepcioná-lo.

Como se ainda fosse possível, o coração dela apertou ainda mais, e ela o abraçou com força. Ele recuou e a olhou nos olhos.

— Eu faria qualquer coisa por você, Lily, mas não posso mudar a minha idade.

— Eu sei. — Ela ficou nas pontas dos pés e beijou a lateral do pescoço dele. — Eu não me importo.

Ele estremeceu.

— Você se importava muito alguns dias atrás.

— Alguns dias atrás, eu estava assustada. Eu tinha medo do que as pessoas iriam dizer. Eu tinha medo de muitas coisas, mas você não. Você foi ousado e corajoso.

— Você está brincando? Eu fiquei todo esse tempo morrendo de medo de que você nunca fosse me amar também.

Ele nunca pareceu sentir medo — de nenhum tipo.

— Dois dias atrás, você me disse que eu precisava entrar ou sair. — Ela mordeu levemente a orelha dele. — Eu quero entrar, Tucker. Eu quero você. Até o fim. — Ela caiu de novo sobre os calcanhares e olhou para o rosto dele, que não estava mais inexpressivo. Estava com um sorriso maior do que o dela.

— Eu quero você até o fim, Lily Darlington.

— As pessoas vão dizer que você é maluco.

— Eu não me importo com o que as pessoas dizem. — Deu um beijo rápido nos lábios dela. — Desde que eu possa ser maluco por você.

Sobre a autora

RACHEL GIBSON mora em Idaho com o marido, três filhos, dois gatos e um cachorro de origem misteriosa. Começou sua carreira na ficção aos 16 anos, quando bateu com o carro na lateral de um morro, juntou o para-choque e foi até um estacionamento, onde espalhou estrategicamente estilhaços de vidro do carro por todos os lados. Contou aos pais que alguém havia batido em seu carro e fugido, e eles acreditaram nela. Vem inventando histórias desde então, embora hoje em dia ganhe mais por elas.

LEIA TAMBÉM, DA MESMA AUTORA

A salvação de Sadie Hollowell e Vince Haven depende de muitos fatores. Ele voltou traumatizado da guerra ao terrorismo no Afeganistão e ela, aos 33 anos, acha ridículo ser convidada para ser dama de honra do casamento de uma prima no interior do Texas, onde nasceu. Ambos estão perdidos, à procura das raízes e de uma identidade que a vida foi esfacelando, e são atormentados por uma atração sexual violenta que demora muito a se transformar em amor e compromisso.

O que se oferece aos leitores é uma história tensa, em que preconceitos e hesitações lutam contra o amor, sem saber qual dos lados terá o triunfo final. Vale a pena ler e torcer por ele.

LEIA TAMBÉM, DA MESMA AUTORA

UM ROMANCE APIMENTADO E DIVERTIDÍSSIMO

Daisy Lee Monroe está de volta a Lovett, Texas, e depois de muitos anos descobriu que pouca coisa mudou. Sua irmã continua uma louca e sua mãe ainda tem flamingos de plástico rosa no quintal. E Jackson Lamott Parrish, o *bad boy* que ela havia deixado para trás, ainda é tão *sexy* quanto antes. Ela gostaria de poder evitar este homem em particular, mas ela não pode. Daisy tem algo a dizer para Jackson, e ela não vai a lugar nenhum até que ele escute.

Jackson aprendeu a lição sobre Daisy da maneira mais difícil, e agora a única palavra que ele está interessado em ouvir dos lábios vermelhos de Daisy é um adeus. Mas ela está surgindo em toda parte, e ele não acredita em coincidência. Parece que a única maneira de mantê-la quieta é com a boca, mas beijar Daisy já foi sua ruína no passado. Ele é forte o suficiente para resistir a ela agora? Forte o suficiente para vê-la sair de sua vida novamente? Ele é forte o suficiente para fazê-la ficar?

LEIA TAMBÉM, DA MESMA AUTORA

SERÁ O DINHEIRO MAIS FORTE QUE A PAIXÃO?

De volta à sua cidadezinha para comparecer ao funeral de seu padrasto Henry, a bela cabeleireira Delaney é surpreendida com uma cláusula do testamento dele: se quiser receber a sua herança, ela deverá permanecer durante um ano inteiro na cidade e não ter "contato sexual" algum com o *bad boy* Nick, filho bastardo de Henry. Acontece que, dez anos antes, ela e Nick viveram uma paixão e, embora ele seja um mulherengo incorrigível, a proximidade de ambos reacende a antiga chama. Será Delaney capaz de resistir ao motoqueiro de conversa fiada?

LEIA TAMBÉM, DA MESMA AUTORA

Neste *Sem clima para o amor*, Clare Wingate, uma jovem e atraente escritora sofre por ter sido traída pelo noivo (com o técnico da máquina de lavar roupa!) e o que mais queria era ficar em casa curtindo sua tristeza. No entanto, durante o casamento de sua melhor amiga, reencontra Sebastian, uma paixão de infância, que se tornou um jornalista famoso e sexy. Ele a quer para si de qualquer forma, mas Clare só quer curtir sua dor. Começa aqui uma história divertida e cheia de surpresas, que conquistou milhões de leitores em vários países e levou o livro para o topo da lista dos mais vendidos.

LEIA TAMBÉM, DA MESMA AUTORA

A belíssima Georgeanne deixa o noivo no altar ao perceber que não pode se casar com um homem velho o suficiente para ser seu avô, mesmo riquíssimo. O astro do hóquei John Kowalsky, sem saber, ajuda-a a escapar e só percebe que está ajudando a noiva do seu chefe quando já é tarde. Os dois passam a noite juntos, mas no dia seguinte, John dispensa Georgeanne, deixando-a com coração partido e sem rumo. Sete anos depois, os dois se reencontram e John fica sabendo que sua única noite de amor produziu uma filha, de cuja vida ele quer fazer parte. A paixão dele por Georgeanne renasce; mas será que ele vai se arriscar, outra vez, a incorrer na cólera do seu patrão? E ela? Vai aceitá-lo, depois de ter levado um fora dele?

INFORMAÇÕES SOBRE A

GERAÇÃO EDITORIAL

Para saber mais sobre os títulos e autores
da **GERAÇÃO EDITORIAL**,
visite o site www.geracaoeditorial.com.br
e curta as nossas redes sociais.

Além de informações sobre os próximos lançamentos,
você terá acesso a conteúdos exclusivos
e poderá participar de promoções e sorteios.

geracaoeditorial.com.br

/geracaoeditorial

@geracaobooks

@geracaoeditorial

Se quiser receber informações por *e-mail*,
basta se cadastrar diretamente no nosso *site*
ou enviar uma mensagem para
imprensa@geracaoeditorial.com.br

GERAÇÃO EDITORIAL

Rua Gomes Freire, 225 – Lapa
CEP: 05075-010 – São Paulo – SP
Telefax: (+ 55 11) 3256-4444
E-mail: geracaoeditorial@geracaoeditorial.com.br